鬼狩り神社の守り姫 二

やしろ慧

富士見L文庫

目次

プロローグ

関東、某県、星護町。この町で女が登録した家政婦の仕事は概ね順調だった。

東京二十三区内にも通勤できるここはちょっとしたベッドタウンだ。

古くからの歴史もあり山と海に囲まれ自然にも恵まれた土地。

昔からの住民も多いが、都会の喧騒を離れたいが為に、この町に土地を買って家を建てて住む若年層も少なくない。

子供が成長して独立した後、女が軽い気持ちではじめたこの仕事の実入りは悪くない。

大富豪の家に潜入して殺人事件を目撃するとか、そういうスリルとは無縁で、むしろ共働き夫婦に週末だけ駆り出されたり、両親と離れて暮らす子供たちが高齢の親への気遣いとして雇ったり、と。週に数日しかも短時間で派遣される事が多かった。

顧客と必要以上に親しくせず、けれど不親切にはせず。口は閉じて。

社長のモットーを思い出しながら女は得意先のひとつを訪れていた。

「白井」と刻まれた表札は古い。古いが実は骨董屋で見つけたものなんです、僕たちには歴史がないので……古いものが欲しくて、と家の主人が照れくさそうに語っていたとおり、この家に住んでいるのは若い兄妹だ。

兄は都内の大学の非常勤講師と翻訳家を生業にしており、年が離れた妹は高校生。兄はなかなかに男前で妹は可憐。帰国子女だからか、どこか浮世離れしている。

週に一度か二度、夕食の作り置きと指定される部屋の掃除をこなす業務。

特に理不尽な要望もなく、和食が好きだという二人に薄味の夕食を作る。

愛想の良い兄といつも上機嫌な妹。仕事としては楽な部類と言っていい、けれど。と彼女は家を見渡してそっとため息をついた。

常に監視されているような薄気味悪さがこの家での業務には付き纏う。

他の家と少しだけ離れたところにあるせいか、二人住まいにしては広すぎるせいで色々と空想が働くからか。親切なのにどこか乾いた空気を醸し出す兄妹のせいか。二人とも好ましい人物なのに、どうしてだか、いつも怖かった。

駄目よね、選り好みしちゃ。どうしてだか兄妹は他の誰でも駄目だったのに自分を気に入ってずっと指名してくれているのに。ため息一つで仕事をこなして、ベランダに洗濯物を干そうと戸を開いて女は「きゃあ！」と悲鳴をあげた。

「どうしました!?」

「か、烏が」

慌てて出てきた青年に指差す。ベランダで、烏が死んでいる。捩じ切られたように羽根がもがれていた。ひどいな、と青年が眉を顰めた。

「すぐに片付けますね」

女が言うと青年が慌てて首を振った。

「よしてください。女性にさせる事じゃないし、これは掃除の範疇外だ。顔色が悪いですし、今日はここまでで」

女は安堵して、彼を薄気味悪いと思ったことを心中で詫びる。

優しい青年だ。出来すぎなくらいに。

帰ります、と玄関を出たところで、女はぞくりと背筋に寒気を感じた。

すれ違ったのは男だった。ジーンズにセーターとなんの変哲もない恰好なのに威圧感があるのは大柄だったからか。彼が白井家の玄関の前に立つのを見て、なんとなく不穏な感じを受ける。知り合いだなんて珍しい。彼らをたずねてくる人は少ない。

ここ最近よく訪ねてくるのは星護神社のお坊ちゃんとお嬢さん。神坂の関係者と知り合いなら白井兄妹も怪しい人物ではなさそうだと安堵したのは記憶に遠くない。

しかしなんだか妙な気配の人……、と振り返って背の高い若者を盗み見た瞬間、気付いたかのように彼が振り返ってこちらを見たので、女は慌てて目を伏せ、歩みを続けた。

やはり、と彼女はため息をついた。——この家はなんだか怖い。

それにしても疲れているんだわ、と首を振る。特に、目が疲れている。

だって、すれ違った男の目が一瞬赤く見えた……。

「人間のような暮らしをしているんだな」

男は……黒い衣服に身を包んだ男は白井家のリビングに我が物顔で陣取った。

白井桜が猫のようにしなやかな動きで現れてつまらなそうに欠伸する。

「勝手に座らないで欲しいわ。そのソファ高いし、お気に入りですの」

男はチ、と舌打ちをする。悠仁は笑ってウィスキーを男の目の前に置いた。

「君が送り込んだ使い魔は死んだよ。可哀そうに。鳥は痛い思いをしただろうな」

「鬼避けの結界なぞ張るからだ。——それで？　お前たちが何者か、周囲に露見してはいないのか？　さっきの女は勘がいい。おまえたちの正体に気づいているんじゃないのか？」

「そこが気に入って仕事を頼んでいるんだ。じゃないとうっかり気を抜いて人間だって事を忘れそうになるから。料理の腕もいいしね」

「和食も洋食も、どちらも美味しく作れる方は貴重ですから」

男は無表情で度数の高い酒を一気に喉に流しこむと、卓にグラスを置いた。

「ふざけた事を。すっかり馴染んで、お前たちは本分を忘れたのか？　我らの悲願を」

白井兄妹は無言で顔を見合わせ、男は二人を睨みながら言った。

「あの方を取り返す。そして、目障りな神坂の守り姫を殺す」

「まあ！　怖い」

白井桜は笑って男の隣に腰掛けた。

「相変わらず野蛮ね、魏王！　私、同級生の守り姫とはお友達になりましたもの。殺すなんてできないわ。良心が痛む」

「お前にそんなものはない」

にべもなく切って捨てた魏王と呼ばれた男は悠仁に空のグラスを突きつける。

悠仁が高いのになあと苦笑して自分と男に酒を注ぎ、桜には作り置きのアイスティを置いてやる。桜は私もお酒がいいのに、と顔を顰めてアイスティをストローで口に含む。

「俺が言っている守り姫はおまえの友情ごっこに巻き込まれたガキだけじゃない。わかっているだろう？」

魏王の言葉にさあ？　と桜はとぼけた。

「俺は、今夜お前たちを殺しにきた」

「へえ、君一人で？　僕たち二人を？」

馬鹿にしたように笑い、悠仁もグラスを舐め、桜は面白い冗談というように肩をすくめた。

「刺し違えてもな。だが、俺も同朋を殺したくはない。だからもう一度聞こう」

魏王は笑いもせずに兄妹……を名乗る二人を見つめた。

「俺たちは神坂からあの方を取り戻す。それに手を貸せ」

カラン、とグラスの中の氷がくるりと回って楽しげな音を立てる。

「どうしようかなあ」

「裏切るのか」

「馬鹿を言わないで。貴方(あなた)となんか裏切るほどの仲もないわ」

桜と魏王の間に、比喩ではなく火花が散った。やめてよと二人を引き離して、悠仁は冷蔵庫からつまみを取り出して魏王の前に出した。宴席ではお互いを殺さない。

古い古い自分たち一族のしきたりだが、魏王はそういう事を律儀に守るタイプだ。

「僕達だってあの方への忠誠は揺るぎもしないが、君たちへの協力はどうしようかな」

悠仁は再度酒を呷(あお)った。

年の暮れ、来年の事を話しても、鬼が笑わない時節。

三人は小洒落(こじゃれ)たリビングで互いを監視しながら、密(ひそ)やかに会話を続けた。

第一章　年暮れて

除夜の鐘が遠く山の麓の寺院から響く中。

「二千円ちょうどになりますっ！　ようこそお参りでした！」

星護神社の境内で芦屋透子は場に不似合いな大声をあげた。お守り代として二千円を出した老夫婦は透子ちゃん頑張ってね、とくすくすと笑っている。

「透子、大丈夫？　会計代わろうか？」

「大丈夫……！　すみれちゃんは御朱印お願い……」

わかった、と笑ってすみれは手際よく御朱印を書いて参拝客に渡していく。

大晦日の神社はどこも忙しい。その例に漏れず、芦屋透子が下宿する星護神社も猫の手も借りたいくらい忙しかった。

「あれ、星護神社って猫ちゃん二匹もいるんだ？　可愛いー」

事実、星護神社の招き猫、三毛猫の小町と猫又もとい猫姿をした式神のだいふくは社務所の前に鎮座して手を貸している。今も「あの御守りはどこ？」とあたふたと捜している透子の代わりに、愛想よく参拝客の相手をしてくれている。

小町は人間嫌いで家族以外の前にはあまり出てこないが、人語を操るだいふく曰く「説得されて」この大晦日の繁忙期を手伝うことにしたとか。

うにゃうにゃとぼやきつつも参拝客に撫でられてやっている。

ありがたい、ありがたいと拝んでいく老夫婦までいる始末だ。

「猫ちゃんズ可愛いねえ、私も写真撮らせてもらおっと」

参拝客が一瞬いなくなった隙を見はからい、透子の従姉の芳田すみれがスマホを構える。

だいふくが「綺麗に可愛く撮って！」とはしゃぎはじめたので、透子は慌ててしーっと注意した。

「お口チャック」と猫形の式神が口を肉球で覆ったので、猫好きなすみれは「そのポーズ可愛い！」と頬を緩めた。

透子は高校二年生。春先に福岡で一緒に暮らしていた祖母を亡くし、透子が五歳の頃に行方不明になった母、真澄の親せきである神坂家をたよって、関東にある星護町に越してきた。

神坂の家は表向き神社の宮司の家系だが、裏では「鬼」を狩る異能の人々だ。

鬼とは主に、無念のうちに亡くなった人々の魂が悪しきものに変化した存在をいう。

「主に」であって、鬼と呼ばれる存在の中には全く人間とは成り立ちが違う、生まれながらに奇妙な力を持った、長命の個体もいるらしいが。

透子は一族出身の母親の影響で「鬼」が見える。更には鬼を斃すだけでなく封じることができる「守り姫」と言われる稀有な能力をもっているらしいが……。

「透子ちゃん、このお札おいくらだったっけ？」

「さんぜんえ……、違います、二千五百円です」

「ありがとうね。はい。——よいお年を」

顔見知りの参拝客に微笑みかけられ、透子も「よいお年を」と頭を下げる。

通っている高校に教師として潜伏していた鬼を退け、『鬼を斃すだけではなく封じ込める守り姫としての才能がある』と星護神社の主、神坂千瑛に教えられてからふた月近く。

星護神社に引き取ってもらった恩返しをする。役に立つと誓ってはみたものの……。守り姫の事を教えてくれるはずの千瑛は秋からずっと忙しい。数日家をあけることもざらだ。

守り姫として役に立てないならせめて年末年始、神社で雇われ巫女として頑張ろう、と意気込んだのだが、実際は予想以上の人出にてんてこ舞いだ。

「透子ちゃん、ちょっと休憩してきよし。すみれちゃんも」

星護神社に住み込み、透子たち星護神社の住民の世話をしてくれている佳乃が笑顔で顔をだしてくれた。お手伝いにきてくれた彼女の長女も一緒だ。

透子とすみれは元気よく「はあい」と返事をして控えの間に引っ込む。

すみれはちゃっかり猫の小町と式神のだいふくを両手に抱えてきた。だいふくがおしゃべりをするので「だいふくちゃんは何を言っても可愛い」とにやけながら相槌を打つ。

透子の高校で鬼が出たとき、すみれも巻き込まれて怪我をした。その際、神坂の家の生業とだいふくが普通の猫ではなく透子の式神であることがばれたのだが、従姉は「すごい！」と驚いただけで、特に忌避感はないようだ。

すみれは来春から都内の大学院に通う予定。

地元福岡の大学はもう卒論以外はないから、と早々に引っ越してきた。

学費は免除らしいが、家賃（は父親がだしてくれたようだ）以外の生活費は自分で稼がないといけない――ので従姉はバイトに明け暮れている。

それを聞いた佳乃が「時給弾むし、透子ちゃんと一緒にお正月バイト巫女せえへん？」と誘ったのだった。

すみれは特技の書道を活かして御朱印を素晴らしい速さで仕上げているし。それに引き換え自分は、どうにも物覚えと臨機応変さが足りない、と、透子はがっくりと項垂れた。

「透子、お疲れ。って……すごい疲れた顔しているけど、大丈夫か？」

控えの間の襖をあけて顔を出したのは、透子と同じく星護神社に居候している神坂千尋だった。同じ星護高校に通う同級生。

彼を居候、と言い切るのは違和感があるかもしれない。

千尋は、星護神社の実質的な主である神坂千瑛の従兄で、「千瑛と母がはとこ」という透子とは関係の近さが違う。しかしあくまで「俺も透子と同じ居候だから気兼ねしないでいい」と言ってくれる優しい千尋は笑顔ですみれと透子に声をかけた。

「透子もすみれさんも夕食どうぞ。——作ったのは佳乃さんだけど」

「わ！　年越し蕎麦（そば）！　いただきます。千尋くんありがとう！」

千尋の登場に喜んだ猫の小町が彼の膝に飛び乗る。

「なぉん」

「小町、ことしも一年おつかれ。来年もよろしくな」

猫の小町は仔猫（こねこ）のころから千尋と一緒だから、千尋の事が一番好きだ。

「ずるい！　だいふくも千尋に鼻でちゅーする」

「だいふくも、来年もよろしくな」

式神のだいふくも、「自分を作ったのは千尋だから」と、ひどく懐いている。

二匹に囲まれて幸せそうな千尋を、透子はほのぼのと見つめた。

人見知りな性格と、『人ならざるモノ』が見えるという特異体質を忌避されて地元の高校では透子は人間関係をうまくつくれなかった。

星護神社にやってきたばかりの頃も周囲とうまくやっていけるか不安だったが、同い年の千尋が気にかけてくれたこともあって高校でもすぐに馴染むことができた。

一見クールに見える千尋は、優しい。勿論（もちろん）、透子にだけ優しいわけではないが。

　蕎麦を食べ終えた透子たちに千尋はお疲れと微笑みながら茶まで淹れてくれた。

「元旦はもっと参拝客増えるし、休憩しつつ頑張ろう。――普段は休眠中みたいな神社なんだけど、眺めがいいからかな、二年前くらいから正月の参拝客多いんだ」

　星護神社は普段は禰宜も巫女も常駐していない。戦前までは神坂の一族の有力な一家が禰宜と巫女を務めていたらしいが、千瑛曰く「その当時の本家の当主が、観光客や一般の人が気軽に神社に来るのをあまりよく思わなくて」普段の業務の公開を、一切やめてしまったらしい。

　以降は年数回の行事や、人づてに――鬼、と思われるものに悩んだ人がたまに駆け込むだけの場所になっていたらしい。数年前に星護神社は千瑛の好きにしていい、と言われてから年末年始は稼働しているみたいだ。

「千瑛は地元大好きだからなあ、地元の人に親しみもたれる神社を目指すみたい」

「結構、町内の人だけじゃなくて遠方からも来る感じだよね」

　透子は千尋が持ってきてくれた蕎麦を食べてほっと息をついた。

　三人で世間話をしている最中、千尋のスマホが鳴る。

「ごめん、ちょっと出てくる」

　千尋が部屋を出ていった途端、すみれに肘でつつかれた。

「ほんっとーにいい子だよねー、千尋くん。優しいしぃ、かっこいいしぃ」

「うん！　いつもすごく助けてもらって……る、ってすみれちゃん、なにその顔……」

地元でも有名な美人の従姉はぐふぐふと何やら……ちょっと気持ち悪い顔で笑っている。

「いいじゃんー、居候先にあんな美少年いるなんてー、何かないの？　何か！」

完全に面白がっている。

「無いよ……！　なんっにも無いよ！」

もちろん、透子は千尋をかっこいいと思うし友達として大好きだ。

共に暮らす家族のように大切に思っている。——だけど、千尋は透子に限らず誰にでも優しいし野球部の練習で忙しいし、誰かを好きになる気なんてなさそうだ。

「なんだ、つまんないのー。若者の青春話浴びたいのに……」

自分だって大学四年生のくせに年寄りめいたことを言ってすみれが口を尖らせると、馬鹿な事いわないで！　と言わんばかりに小町が絶妙のタイミングで猫パンチを繰り出した。

「千尋くんの彼女に一番近いのは、小町だよ。いっつも一緒だもんね？」

「なーん」

そうよ、と三毛猫が胸を張る。

私が千尋のそばにいなくちゃ、と言わんばかりに小町はきっちりしまっていたはずの襖を器用に前脚であけて部屋をするりと抜け出す。

「あ、小町どこ行くの？　今日は色んな人が来るから、一緒にいなくちゃ駄目だよ」

たたたた、と小町は渡り廊下を軽い足取りで駆けていく。

人出にうんざりして部屋に戻りたいのかもしれない。小町を追いかけていくうちに、透子は住居に戻ってきてしまった。小町は玄関に続く廊下で立ち止まる。

音もなく透子を振り返って髭をひくひくさせる。透子にも「止まれ」と合図しているかのようだ。透子が忍び足で小町に近づくと、玄関から千尋と誰か——聞きなれない女性の声が聞こえてきた。

「だから正月は行かないっていっただろう、高校の宿題もあるし、部活もあるし……」

「行く、だなんて。帰る、の間違いでしょう？　千尋」

「どっちでもいいけど。帰れないよ。今夜も、これからやることがあるから」

普段の千尋の朗らかな声とは違って硬い。千尋と相対している女性の声も千尋に輪をかけて「困っている」と主張する声音だった。

「沙耶だってお兄ちゃんが帰ってくるって、楽しみに待っていたのよ？」

どきん、と透子の鼓動が跳ねた。「お兄ちゃん」と千尋を呼ぶのは……。事情があって今は一緒に住んでいない、彼の母親に違いない。

「だから無理だよ。明日も神社でバイトがあるから」

「バイトをさせるためにあなたを千瑛さんに預けたわけじゃないのよ？　せっかくの一家団欒なのだから、戻ってきてちょうだい。我儘を言わないで」

「我儘じゃなくて。元から帰れないって伝えていただろう。——皆忙しくしているし、俺だけ抜けられないってば」

「家族よりバイトが大事なのね？」

女性が千尋を責める口調になる。盗み聞きしていい内容ではないがどうしたものか、と思っていると透子の両腕からするりと抜けた小町が千尋に駆け寄る。

「オレも行くぅ！」

いつのまにか背後にいただいふくも小町の後を追って飛び出す。透子は慌てた。

「待って、小町、だいふく。お客様だから！」

いきなり現れた猫と式神と巫女姿の透子に玄関で正座して客人と相対していた千尋は目を丸くした。千尋を見下ろす形で向かい合っていた女性も驚いた顔でこちらを見る。

透子はどう挨拶するか迷ったが、今到着したかのように接客スマイルを浮かべた。

「い、いらっしゃいませ。千尋くん、お客さま？」

きれいな女性は透子に向けて微笑んだ。

「はじめまして。千尋の母の美鶴です。——ひょっとして、あなたが芦屋透子さん？」

「は、はい。はじめまして。千尋くんにいつもお世話になっています」

女性はお正月だからか華やかな雰囲気の着物姿だった。

艶やかな黒い髪の毛を上品に結い上げているとそのまま女優としてドラマに出てもおか

しくない。千尋はだいぶくにお口チャック、と小声で注意して猫二匹を抱き上げた。

「ごめん、透子ひとりにして。社務所忙しいんだろう？　戻るから」

社務所はいま、別の子たちが回してくれているが、透子は黙ってうなずいた。

「千尋、この前言ったことは考えてくれた？」

「――また電話するから、あとで……」

千尋が美鶴の言葉を遮って、回答を濁す。

透子は微笑みを張り付けて美鶴に頭を下げた。

千尋の両親は離婚している。千尋は美鶴に引き取られたが、彼女の新しい家族と彼女自身とも上手くいかずに星護神社に居候をすると決めたらしい。

千尋が中学に上がるころだから四年も前だ。

目の前の美鶴はとてもきれいで優しそうなお母さんに見えるけれど……。

なんだか立ち入ってはいけない領分な雰囲気がひしひしと伝わってくる。

「しょうがないわ、また今度ね？」

美鶴が悲しげに目を伏せて、玄関から出ていく。

透子は慌てて彼女を玄関先まで見送った。

「透子ちゃん、千尋と高校も一緒なんですってね？」

「はい、同じクラスです！」

「あの子は気難しくて気分屋だから……。うまくやれているかしら？」

透子は目を丸くした。気難しい？　気分屋？　千尋が？

透子が知っているのは誰にでも人当たりが好(よ)く、何事も一生懸命な神坂千尋だ。

「そんなことないです。千尋くんは、少しも気難しくありません」

「気を使ってくれて、ありがとう。透子ちゃんは優しいのね」

世辞だと思ったのか、礼を述べつつも美鶴は困ったように俯(うつむ)いた。

「本当です、千尋くんの周囲にはいつも人がたくさんいて……」

気難しいなんてお母さんの勘違い、とはさすがに初対面の大人に対して言えない。

もごもごとしていると、背中の方でクラクションが鳴り、美鶴の顔がぱっと明るくなる。

少し離れた駐車場に停(と)められた白のセダンの運転席から降りてきた背の高い男性が、手を振った。美鶴の再婚相手か。

それならば彼の手で車から降ろされようとしている小さな女の子は、千尋の異父妹の沙耶だろう。美鶴は透子にもういちど微笑(ほほえ)みかけた。屈託のない笑顔だ。

「千尋は頼りない子だけど。これからも仲良くしてやってね？」

「千尋くんは、学校でもすごく人気者で、皆に頼られています……」

本当の事だ。おずおずと反論した透子に美鶴は不思議そうに首をかしげたが、次の瞬間にはもう、意識は透子には向いていない。駆けてくる小さな娘に手を振っている。

「またお邪魔するわね」

綺麗で優しい、でもどこか虚ろな笑みを浮かべて千尋の母は家族の元に合流した。

ママ、と甘えるように女の子が手を伸ばして、美鶴が優しく娘の手を握り返す。

――仲の良い親子を透子は複雑な思いで見送った。

「千尋のママ、千尋にそっくりだけど似ていないねえ」

千尋の腕から逃れてきたらしいだいふくが、透子の袴をちょんちょんとつつきながらぼやいた。だいふくも美鶴を見ていたらしい。

「……私も、そう思ったかも。だいふく、千尋くんは？」

「なんか準備があるからって、神社に戻ったよぉ」

そう、と頷き袖に隠していた腕時計をみると休憩時間がそろそろ終わりそうだ。透子はすみれと一緒に社務所に戻った。

星護神社のバイト巫女は透子とすみれだけではない。佳乃と佳乃の長女、それから「佳乃が声をかけた神坂の遠縁の」若い女性が数名来てくれて彼女たちが手際よく回してくれた。

「神坂の遠縁」つながりの人々に囲まれて透子はソワソワとした気持ちになる。

祖母が亡くなって神坂の一族に世話になっているものの、星護神社の人たち以外には、ほぼ会ったことがない。会ったことがあるのは千尋の異母兄の和樹くらいだ。

挨拶に訪問した方がいいのかと尋ねた時も千瑛は渋い顔だった。

『正月の三が日すぎたら一族の集まりがあるし、挨拶はそこでサッとでいいよ。我が一族ながらちょっと変わっているしね。あんまり会わせたくないというか……』

鬼狩りの仕事を本家がいうままにこなしている千瑛だが、たまに本家に対しては懐疑的なことをいう。

千瑛曰く神坂本家や中枢に近い人たちは「鬼狩り」の能力至上主義なので、そういう価値観に馴染みのない透子をあまり近づけたくない——守らなくてはと思ってくれているようだった。福岡に、千瑛さんが迎えにきてくれてよかったなあと透子は思う。

「今日は千瑛さんいないのね。鬼狩り関係の仕事？」

「そうなんよ、忙しくてねえ」

バイトに来てくれた神坂の遠縁の女性が佳乃と会話している。皆、神坂とは血縁で、神坂が何をしているかは把握しているものの、ほぼ鬼狩りとは関係ない人たちだ。透子も「本家の援助を受けている子」という認識で、守り姫、とかそういう役目までは知らないらしい。

「透子ちゃんはいいね。千瑛さんと千尋くんと一緒に神社に住めるなんて」

隣県から手伝いに来てくれた女の子二人は目を輝かせた。毎年、お正月は手伝いに来るんだ、と教えてくれた子たちだ。年末年始は千瑛と千尋に会うのを楽しみにしているらしい。

「千瑛さんも千尋くんも、たまーに見かけるだけだけど、かっこいいよね！」

「わかるー、優しいし！　推せる〜」

どこからも人気のある二人だ。

「二人を見るためにお正月バイトしにくるんだもんね。そろそろはじまるんじゃない？」

「今年は、千瑛さんじゃないってさっき聞いたけど……」

何の事かなと思っていると、神社の照明がふっと半分くらい消えた。

佳乃が社殿を笑って指さす。

「三人で見てきよし。他の神社ではあまり大晦日（おおみそか）に神楽はしいひんやろうけど……」

「社殿で、ですか？」

どうやら、社殿の前に仮設で建てられた舞台上で、巫女の舞の奉納があるらしい。

神楽というんだ、ということも透子は初めて知った。

誘われて、透子は二人と一緒に社殿へ向かった。参拝客がぐるりと社殿を囲っているので遠目からになるが白衣と緋袴（ひばかま）とに身を包んだ背の高い巫女がいるのがわかる。

一人は剣を、一人は榊（さかき）を持っていて、シャン……と鈴が鳴ると顔をあげた。

（——何の舞なんだろう）

どちらも薄い化粧で目元に紅をひいているだけなのに人目を引く美しさがあった。

（綺麗だけど……なんだろう、すごく鋭い）

笛と鈴だけの演奏なのがかえってシンプルでいいのか。彼女たちが手を動かし足を進めるだけの動きに視線が吸い寄せられてしまう。

優雅に二人は対のように舞う。

身を清め、場を清め、神に祈り。

――剣をもった巫女が大きく剣を構えたとき、透子はあっと声を上げそうになって慌てて口元を覆った。かがり火に照らされてほの紅い舞台上、巫女の前にモヤが……一般の言葉で言うなら「霊」が見える。

吸い寄せられてきたのかと透子が心配したのを知ってか知らずか、巫女は堂に入った動きでまっすぐに切り伏せた。

「綺麗！」

「かっこいいねえ」

連れの二人が喜ぶのに透子も頷く。頷いてから巫女の一人――後方に控えた榊をもった美人と目があって、今度こそあっと声を上げた。

「千尋くん⁉」

どうも千尋が美鶴に言っていた「これからやること」はこれだったらしい。

じゃあ、もう一人は……と前方にいる巫女に目を凝らすと、こちらとも目があった。透子の視線に気づいたのか一瞬鼻に皺を寄せた彼女……ではなく、彼の正体に気付く。

千尋の異母兄の和樹だ。——なんだか、すごいものを見てしまった気がしてドキドキしながら透子は社務所に戻った。

「あの神楽はね、守り姫や鬼狩りが人里に降りてきた鬼を退治する場面の再現なんよ。大祓の今日に神楽で舞うの。——本家では一族の前でだけ舞うんやけど、星護神社では来てくれた人たちの無事を願って、神社の関係者が舞う……」

——と佳乃が教えてくれた。

「千瑛さんの代役が和樹さんだったんですね？」

「そうそう！　和くんは千瑛さんのお願いは断らへんの。実は千瑛さんに懐いてるんえ。つんけんしているけど、あれで結構可愛いとこあるし、ムカッとしても許したげてな？」

初対面で酷く冷たい態度を取られたので正直、透子は和樹が苦手だ。弟の千尋とも仲良くないように見えた……だけど、さっきの舞は二人の息、ぴったりだったなあと思い出してちょっとにやけてしまう。千尋はかっこよかった。

透子とすみれが控えの間で業務を終えてほっとしていると、疲れたと言って巫女姿の和樹が襖を勢いよく開けて入ってきた。美女の姿で優美に舞っていたのに、すっかり歩き方も表情も青年に戻っているので違和感がある。

「佳乃さん、水をくださ……、っていないのか」

「炊事場に行ったよー。冷たいお茶ならあるけど？　飲む？」

すみれがコップに注ぐと、一瞬固まった和樹はどーも、とそれを受け取った。

「紫藤くんかな、と思ったら当たりか！　可愛い顔しているから巫女姿も似合うね、君。あ、日付変わったね。あけましておめでとうございます」

「可愛いって言うな。まあ、あけましておめでとうございます。……じゃなくて、ここで何をしているんですか、芳田さん」

和樹は嫌そうながらも敬語だ。

「見てわかってよ、紫藤君。巫女のバイトをしているの。透子経由でたいへん割のいいバイトを紹介していただいて……、感謝しております」

ずいぶんと親しげな会話に透子が首を傾げていると、すみれが実はね、と笑った。

「院の研究室に来年からお世話になりますって挨拶に行ったら紫藤くんいたの。紫藤君は学部生だから非公式に出入りしているだけだけど。びっくりしたよー。星護高校で鬼をやっつけたときにいた人が、学生やっている、って」

「驚いたのはこっちです。大学で俺の家業をばらさないでくださいよ、センパイ」

「気を利かせて初対面のフリしたじゃん？　四月からあらためてよろしくね」

「ヤですよ。そもそも芳田さん、正式にはまだ院生じゃないのに馴染みすぎ……」

和樹がぼやいた。すみれが大学院に通うのは四月からだが、研究室でバイトをしつつ雰囲気に慣れさせてもらっているらしい。和樹と同じ学部みたいとはさらっと聞いていたが、ずいぶんと気安い雰囲気だ。

「あ。お茶が切れた」

すみれが席を立つ。とたんにじろりと和樹の目線がこちらに向けられた。和樹は初対面からあまり透子に好意的ではない。

「芳田さんはともかく、芦屋透子はのんびりバイトなんかしていていいのか」

矛先がいきなりこちらに向いたので、透子はびくりと肩を震わせた。守り姫として修練する、と宣言したものの、千瑛は忙しく、透子も何をしていいのかよくわからぬまま……。

「秋から冬になったのに、なんもできるようになってないだろ」

図星なので凹む。

「……あ、相変わらず嫌味ですね」

和樹は肩を竦め、巫女姿のまま鬘を外して透子の隣に座る。

「本家の奴らに比べたら、俺なんか善良で可愛い方だ。慣れておけよ――三が日終わったら本家に行くんだろ？」

「その予定です……。あの、本家の方たちってどんな方々なんですか？」

三が日すぎたら、本家に挨拶に行くことになっている。お世話になっているので心を込めて挨拶をとは思うものの、千瑛や千尋……それに佳乃や和樹の反応を総合すると、あまり楽しい対面にはならない予感がする。和樹はニヤと笑った。

「本家を知った後はしばらく全人類に優しくできるぜ。あいつらに比べたらまし、ってな」

　不穏だ。俺は着替えてくる、と和樹は続きの間にひっこんで、透子がため息をついたときすみれがお茶を持って来て透子を手招いた。

「透子、陽菜ちゃん達きてくれたよ」

「え、本当!?」

　透子は立ち上がる。

　外套を羽織って外に出るとクラスメイトの吾妻陽菜と白井桜があけましておめでとう、と手を振っていた。ボーイッシュな印象の陽菜は、元旦だからか華やかな小紋に身を包んでいる。牡丹の花が色鮮やかだ。

「着物どうしたの？　可愛い」

「白井の家に遊びに行ったら、貸してくれたの」

　隣の白井桜は少しオールドなテイストの宝づくしの柄。襟と手袋はワインレッド色のレースで飾られていて、今風なのが可愛い。褒めると、でしょう、と胸を張った。

「最近はネットで中古の着物を買うのが趣味ですの！　透子さんに似合いそうな着物もあるし、今度、見にいらしてね？」

ふわふわの髪を編み込みにした白井桜はホホと笑う。中学までは北欧にいたとかで少しずれた言動が多い少女だが、可愛い。

「あけましておめでとう、陽菜。白井」

装束を脱いで、ジーンズにセーターに着替えた千尋が顔を出した。

「あけましておめでとうございます、千尋くん。さっきの巫女姿もこのうえなく美しかったけれど……。セーターもよくお似合いで……」

白井桜は千尋のファンである。会うたびに褒めて求愛するので、今でも透子は多少たじろぐ。陽菜は毎年恒例！　と笑い、千尋は、あははと苦笑した。

「うちの妹が、今年も愉快ですまないね」

柔らかな印象の三十手前くらいの男性がひょい、と顔を出した。白井桜の兄、悠仁だ。

「悠仁さん！」

悠仁はすみれや和樹が通う大学で非常勤の講師をしつつ翻訳もしている。

文化祭の英語劇で教えてもらって以来、妙に彼を慕っている千尋が目を輝かせた。

「新年を日本で過ごすのは久々だけど。皆で賑やかに年を越して、目標を新たに設定するの……いいよね」

「私の今年の目標は私の魅力をもっと千尋くんに知ってもらうことですわ」

黙っていれば可憐な美少女の呟きを千尋は聞こえなかったふりをして、その兄の悠仁に先日はありがとうございましたと頭を下げた。

　留学したい、という希望がある千尋は、つい先日も白井兄妹の家に透子と陽菜と遊びに行って、彼らが暮らしていたという北欧の街の事を熱心に聞いていた。

「いつみても悠仁先生かっこいいよね。謎が多いけど」

　笑顔で話し込む悠仁と千尋を見ながらすみれが呟き、桜が顔を輝かせた。

「兄を褒めていただいて光栄ですわ」

　無邪気に喜ぶ桜の隣で、こちらも洋服に着替えた和樹がつまらなそうに同意した。

「あー、白井先生講義も面白いし、人気ありますもんね。芳田先輩も信者ですか？」

「私は眺めるだけでいいかなあ、ライバルが多そうだし。だけど、あんなに楽しそうな悠仁先生、はじめてみたかも。ひょっとして千尋くん狙いとか？　絵になるもんね」

　温めた甘酒にフーフーと息を吹きかけたすみれの発言に、陽菜以外の三人が固まった。

「お、お兄様は妹の恋路を邪魔したりしないと思いますわ……たぶん」

　桜が何気にショックを受けている。

　たしかに、と透子も悠仁と話し込んで屈託なく笑う千尋の横顔を盗み見た。

「確かに悠仁さんといるとき、いつも楽しそうだよね、千尋くん」

　こうしてみると、なんだか兄弟みたいだ。透子は何げなく口にした。

「二人とも優しい雰囲気だし、兄弟みたいだよね。――そういえば千尋くん、悠仁さんの事をお兄ちゃんみたいだなってポロっと言って……あっ……」

口にしてしまってから、透子は慌てて口元を手で押さえた。今のは、失言だった。

背後には和樹がいる。おそるおそる振り返ると、和樹はじっとこちらを見ていた。

「ふぅん、お兄ちゃん、ねえ……」

仲がこじれていそうな実の兄としては、弟が他の誰かを「お兄ちゃんみたいに」慕っているのは面白くはないだろう。透子は慌てていいわけを舌にのせた。

「いや、その——か、和樹さんとは仲が悪いというわけでは……なくっ……」

透子は誤魔化すように言ってから、さらに墓穴を掘ったことに気付く。

和樹は目を逸らし、ふいっとその場を離れる。

「兄弟っても半分だけだしな……どうせ仲良くはねえよ」

千尋と長い付き合いで事情を知る陽菜が、あちゃ、と口元を押さえた。

これ以上何を言っても悪化させそうなので透子は沈黙する。和樹に悪いことを言った。

和樹は弟の千尋と仲が良くない、というけれど、——それにしては息ぴったりだったけどな、と先ほどの神楽を思い浮かべる。和樹と千尋には家庭の事情があるにせよ、仲良くできたらいいのに、と透子が思ったところで、「みんな、あけましておめでとーお！」と元気な声が割り込んできた。

「千瑛さん！」

透子が振り返ると、スーツの上にトレンチコート、さらには黒いマフラーをまいた神坂千瑛が笑顔で手を振っていた。夜なのでサングラスはしていない。仕事帰りのサラリーマンのようにちょっぴり疲れている。

いや、彼も仕事帰りには違いないのだが……。

新年の挨拶を終えた透子たちは、白井兄妹と陽菜とまたね、と手を振って社務所に戻った。

すみれも「今日はありがとうございました」と頭を下げる。

すみれたちバイト巫女の子たちは交代で明日も星護神社に入ってくれる。今日は街のホテルに皆で泊まる予定だ。

朝までは、佳乃が手伝いを頼んでくれた別のバイトの人たちが巫女をしてくれる。

「参拝の人が多くてよかったよ」

寒い、と言いながら千瑛は家のリビングのコタツにはいった。

「おかえり、遅かったな」

悠仁を見送って来た千尋が戻ってきて「もう、年越ししちゃったけど」と蕎麦をもってくる。千瑛は嬉しそうにいただきます、と手を合わせた。小町とだいふくも千瑛におかえりとばかりに寄ってきて、おのおの膝の上に座った。

「千瑛さん、ずいぶん遅かったですね。昨日の夕方には帰ってくる予定でしたよね？」

和樹が頬杖をつきつつ千瑛に尋ねた。千瑛は鬼狩りだ。人ならざるモノである鬼が人々に危害を加えるのを防ぐために働いていて、今回は数日前から関東の外れに出張していた。

「そう、大変でさあ……すぐに鬼を祓って帰ってくるはずだったんだけど」

千瑛は蕎麦に大量の七味唐辛子を入れた。

「——和樹、実は僕、鬼に、逃げられちゃったんだよね」

「千瑛さんが？　珍しいな」

「参ったよ。鬼の潜伏先はつきとめたんだけど、突入したらもぬけの殻で。……この一月、大体そんな感じなんだよな。僕が来るのをわかっていたみたいに、忽然と消えた。……まるでこっちの動きがばれているみたいで気味が悪い——」

——本家にどやされるなあと千瑛はため息をついて……、やめやめ、と顔をあげた。

「新年早々、暗い話はやめよう！　今日は早く寝て、三が日も頑張ろうか！」

千尋と透子は顔を見合わせて「はい」と元気よく返事をし、だいふくも肉球付きの可愛い前脚をあげて「はあい」と千尋と透子を真似た。

社務所から戻って来た佳乃が皆に就寝するように促し、和樹は肩を竦めてリビングを出ていく。彼も三が日は星護神社で過ごすつもりらしい。

「本家にどやされる、か……。千瑛さんでも本家には頭が上がらないんだ」

透子はこっそりとぼやく。

本当に、どんな人たちなのだろう。
不安しかないなと思いつつ、透子は本家に思いをはせた。

第二章　かみざかい、の人々

神坂という一族は元々「かみさかい」の民と名乗っていた。

神と人との境を生きる、特別な能力を持っている人々。

その能力を使い人間に禍を為す人ならざるモノ、つまり鬼を斃す力を持つ選ばれた人間が自分たちだ、という強烈な自負を持っているのだ。

彼らが定義する鬼には二種類ある。

無念のうちに亡くなった人間、霊が悪意を持って「鬼」になったもの。それから、人と同じような姿をしながらも永い時間を生き、人ならざる恐ろしい力を持った存在である「鬼」。

神坂の一族は平安時代の終わりごろからずっと、その二つの「鬼」を狩ることを生業としている選ばれた一族なのだと自称している。

「意識が高いのはいいけど。ちょーっと行き過ぎた人間がいるのは事実かな」

三が日が終わり、透子と千尋は千瑛に連れられて隣の市にある、本家へ向かっている。

ハンドルを握りながら千瑛はぼやいた。

「先代の当主は『人を守ること』が鬼狩りの使命だと口酸っぱく言っていたんだけどな」

「今は違うんですか？」

「いや、今の当主も掲げている理念は同じはずだけど……」

千瑛はため息をついた。

「いつからかな、どうも自分たちがいかに特別なのかを誇りがちになったみたいだね。異能をもっている人間が少なくなってからは、特に」

助手席で透子は相槌を打ち、ミラーで千尋の表情を窺（うかが）った。

千尋は我関せずと手元の参考書に視線を落としている。

「正直、ちゃーんと鬼狩りが出来る異能者なんて、一族には僕を筆頭に十数人しかいないと思うんだよな……だけどちょっと霊が見えたりするだけでその能力を誇っている。視（み）えない人間を過剰に見下したり……」

千尋には「鬼狩り」としての能力はない。だから、神坂の一族での扱いは……あまりよくないらしい。

「気が重い……、ですね」

「大丈夫、大丈夫……いざとなったら三人で走って逃げよう」

千瑛の冗談めかした口調に、透子の気分も少しだけ軽くなる。

透子はスマートフォンの地図アプリに視線を落とした。

閑静な住宅街を抜けた先一本道の突き当りに神坂本家はあるらしいのだが、段々周囲から家が消えていく。

「周囲に他の家とかないんですね？」

「さっきの標識から全部本家の私有地」

「……えっ……」

千尋の説明に透子は言葉を失った。関東でこの広大な土地をもっているのか……と驚くしかない。神坂の一族が鬼狩りだけを生業にしていたのは戦前まで。戦後はむしろいくつも会社を持って多角的に経営しているらしい。ようするにお金持ちなのだ。

まるで旅館のような設（しつら）えの門扉の前で、着物の中年女性が立っている。千瑛の車が門を通ると、おなじく着物姿の若い男女が出迎えてくれた。

――学生の正装は制服だから。制服でいいよ。

と千瑛には言われたが、高校の制服で来た透子は気後れする。

高価そうな引き戸タイプの玄関を物珍しく見ながら、透子は恐る恐る足を踏み入れる。

初老の男性が玄関先で正座をして恭しく一行を出迎えた。

「千瑛さん！　新年おめでとうございます。ご当主もお待ちですよ」

「あけましておめでとうございます」

コートを脱いで腕に持ち三和土（たたき）に立ったまま千瑛が頭を下げた。透子もそれに倣う。

千尋は透子の隣に並ぶと無言で頭を下げた。

「千尋くんも、あけましておめでとうございます。千不由お嬢様も千尋くんが来るのを楽しみにしていましたよ」

千不由さん、と透子が呟くと千尋は一瞬嫌そうに眉間に皺を寄せた。

「はじめまして、芦屋透子と言います。いつもお世話になっています」

初老の男性は懐かしそうに頷いた。

「透子さん！　本当に真澄さんによく似ていますね」

母の名前を聞いて透子が頬を緩めていると、男性の背後から声がする。

「何をしているの。そんなところに三人を立たせていないで、早くご案内して」

涼やかな声が聞こえてきて透子は顔を上げた。声に覚えがあった。

以前、星護高校を襲った鬼に怪我をさせられたとき、入院した病院のベッドの上で聞いた声だ。――あの時はこんなに優しげではなく怒ったような口調だったが。

怪我を治療してくれた少女……。淡い桃色の振袖姿の少女と、透子は目があった。

肌が透けるように白く髪の毛も瞳も薄い茶色。まるで人形みたいな美少女だ。

「千不由さんもあけましておめでとう」

「あけましておめでとう、千瑛さん、それに千尋くん」

千瑛がにこりと微笑むと、彼女は遅れて透子にも微笑んだ。

「透子ちゃん。傷はもう大丈夫？」

「あっ……その節は、治療してくださって、ありがとうございました」

少女の――神坂千不由の美少女っぷりに見惚れたせいで挨拶が遅れてしまった。

自己紹介をすると、彼女は微笑んで「みんな広間にいるから早く来てね」と微笑んで踵を返す。初老の男性が千瑛だけを手招く。透子たちは千瑛の背中を見送って顔を見合わせた。

「広間、って？」

「この家にある馬鹿でかい畳の間のこと。そこで当主のありがたい新年のお話があるんだ……校長先生のスピーチと同じで長くて眠くなる」

肩を竦める千尋にくすくすと笑ってしまう。

「あなたが芦屋透子？」

とげのある声でいきなりフルネームを呼ばれて透子は顔をあげた。同い年くらいの少女二人が眉をひそめてこちらを見ている。

「はい、そうです」

はじめまし――て、とは言えなかった。人差し指をずいっと眼前に突き付けられたからだ。

「神坂の名前も貰えてないくせに、千不由さんに先に挨拶させるなんて礼儀知らずね」

「あなた親が両方いないんですって？　だから礼儀も教えてもらえないのかしら？」

透子はぽかんと口を開けてしまった。ここ最近、不躾な悪意を向けられることがなくて、いきなりの悪意に咄嗟の対応が出来ない。

「初対面の人間を指さす方が礼儀知らずだろう」

千尋が透子を庇うように立つと少女たちは口を尖らせた。

「……偉そうな口をきかないでよ、千尋。無能なくせに、何様よ」

「さっきの言葉を借りるなら、俺は神坂様だろ。――無能な俺に告げ口されたくなきゃ、さっさと広間に行けよ」

見たことがないほどの冷たい千尋の視線に少女二人は怯んだ。

ふん。と鼻を鳴らして去っていく。

「――千瑛さんに可愛がられているからって、調子に乗らないでよね。千尋なんてしょせん無能なんだから」

捨て台詞まで、まるでドラマのワンシーンだ。なんだかどっと疲れた。

「透子、気にしなくていいから」

「う、うん……」

「あれも親せき。文句を言って来るだけだから無視していい」

千尋の後について、透子は本家に足を踏み入れた。すれ違う人たちは特に何も言わなかったが、視線を感じて透子は縮こまった。

この気味の悪さには覚えがある。

——地元でよく浴びていたものだ。

『お前は違う。——余所者（よそもの）が、何をしに来たんだ』

と。凍えるような視線を向ける者が多くいた。

星護神社の人たちも高校の友達も優しい。だからこの視線は久々に居心地の悪いモノだ。

「こっち」

千尋が小声で促してくれて、そっと広間の襖（ふすま）を開ける。

小さい頃に祖母と行ったお寺のお堂を透子は思い浮かべた。ゆうに五十人は入りそうな畳の広間だ。

ぎっしりと人がいる一番奥に、一人だけこちらを向いた和服姿の壮年の男性がいる。きれいに髪を撫（な）でつけて柔和そうな印象を受ける。

「あれが、神坂啓吾（けいご）さん。さっきの千不由さんのお父さんで——神坂の当主」

「上品そうな人だね」

千尋に案内されるまま、人垣の一番後ろに千尋と透子は正座した。当主に近い席に澄ました表情の千瑛が座っている。その隣に着物ではなく品のいいスーツを着た男性がいて、透子は視線を彼に止めた。

似ている。千尋に。ひょっとして、あれが千尋の父親だろうかと思ったが聞ける雰囲気ではない。透子はその場で身をこわばらせた。

「皆さんあけましておめでとう。昨年は一族皆、無事で過ごせたことを嬉しく思う」

新年の挨拶を簡単に述べたあと、啓吾は穏やかな声で広間に集まった人々に語り掛けた。

「私たちの仕事は、己を危険にさらしても無辜の人々を守ることだ。近年、悪しきもの達が勢いを増している。——その中で力及ばず、追い詰めた鬼を逃した者もいるようだが……。くれぐれも研鑽を怠らず、神坂の名に恥じぬように努めてもらいたい」

視線の先で、ぴくり、と千瑛とその隣の若い男性が動くのが見えた。少し離れたところで和樹が目を細めて小さく舌打ちしたのがわかる。

千尋は啓吾が何を言っても微動だにしない。

「鬼を逃した」というのは千瑛の事を言っているのかもしれない。——だが、研鑽を怠ったから逃したわけではないだろうに。啓吾の話はその後も続く。なんだか神坂の異能を誇るばかりの演説は好きになれないが、広間の人々の多くは真剣に聞き入っていた。

ようやく終わりに近づいたと思った時、啓吾が視線をこちらに向けた。

「最後に、一族に新しい人間が加わったことを報告しよう。神坂真澄の娘の、透子さんだ。今は星護神社で千瑛の庇護下にある」

いきなり名前を呼ばれて透子はハッと顔を上げた。

「真澄の？」

「家を出た娘じゃないか……。しかし、……そっくりだな」

好奇と忌避の視線が半分半分で注がれる。

透子は無言で頭を下げた。母親の真澄は結婚して「芦屋」になっていた。なのに、神坂と呼ばれることに恣意的なものを感じる。

「彼女には、母親と同じく、守り姫としての才能がある。——神坂のために尽くしてくれるはずだ。——そうだろう？」

透子は言葉に詰まった。

確かに、千瑛の元で異能を使いこなす術を修得したいとは言った。

けれどここで断言するようなことは想定していなかった。

「まだ決まってはいませんよ」

柔らかな声が啓吾の言葉を遮る。千瑛だ。千瑛は微笑みを浮かべたまま当主を見た。

「啓吾さん、彼女はまだ神坂に来て日も浅いですから。それにまだ高校生です。守り姫になれるかどうかもわからない」

「だが、鬼を封じたのは確かだろう？」

「ビギナーズラックって可能性もあるでしょう？　ゆっくりやりますよ。——彼女の事は、僕に任せてください」

啓吾は何か言いたげだったが、視線をそらさない千瑛に仕方ないと頷いた。透子は啓吾の視線から逃れられたことにほっと息をついた。――のだが。

沈黙する広間に、明るい声が割って入った。

「鬼が力を取り戻してきた今、守り姫が現れたなんて心強いわ」

透子の隣の千尋が弾(はじ)かれたように顔をあげる。視線の先には美しい少女、千不由がいた。

彼女はおっとり微笑んでいる。

「力の強い守り姫がいてくれたら、鬼狩りの皆がどれだけ助かるか。早く千尋さんに指導してもらいましょう。ああ、でも、千瑛さんは最近お役目で忙しいのでしょう？　透子さんだって、そんなにすぐには成長できないわ」

ね？　と微笑みかけられて、透子は困惑したまま頷いた。

「はい……」

透子の返答に、千不由が笑みを深くする。

「そうでしょう？　だったら」

千不由が言葉を区切った。

「透子さんが、立派に成長できるよう、本家の皆で支えたらどうかしら、お父様」

千不由の発言の意図がわからず、透子が千不由を見返すと彼女は笑顔で続けた。

「本家には幸い、沢山部屋もあるし。彼女に教えることが出来る鬼狩りが出入りしているわ。高校なんか行かずに、——しばらく本家に居ればいいのよ」

透子は言葉を失った。

本家に？　高校に行かず？

なんだか恐ろしい方向に話が転がっている。

さすがに広間がざわつく。

千瑛が何かを言おうとした時、男性が口をはさんだ。

「それはいいことですね、千不由さん」

一族の最前列に座っていた男性が立ち上がって千不由の隣まで動いた。彼女に何か耳打ちし、それから柔和な表情で透子を見つめると微笑んだ。

やさしげな顔だが、眼鏡の奥の瞳が笑っていないように感じられる。

「芦屋透子さん。君は本家から支援を受けている。早く一人前にならなくては。本家は修練するにはいい場所だ。千瑛は——甘いところがあるから、学ぶ速度はゆっくりになるだろう。千不由さんの提案通りに、しばらく本家にいるといい」

「……何を、勝手な！」

一方的に言い渡された横で、千尋が立ち上がろうとする。それをいつの間に側にいたのか、和樹が腕をつかんで止め小声で囁く。

「後にしろ——、大勢の前で反論して立場が悪くなるのはおまえと芦屋だぞ」

「……ッ」

透子が唖然としていると、千瑛がやんわりと割って入った。

「真千さん。彼女は神坂の人じゃない、あくまで芦屋透子さんです。彼女の親せきから、くれぐれも学業を優先するように、と頼まれていますから、その約束を違えるようなことをさせないでくれませんか――まあ、僕が鬼狩りの仕事が忙しくて、透子さんのお世話がおろそかになったことは謝ります。――真千さんや本家と仕事はもっと分け合うべきですね？」

一瞬、広間に微妙な空気が流れる。

誰かが「千瑛が行くのが一番……」と呟いて慌てて口を閉じる。

透子は、さきほどの千瑛の言葉が牽制だったのに気付いた。透子の身柄を好きにするのなら、千瑛は鬼狩りに行かない、と暗に匂わせているのだ。

沈黙の後、啓吾がことさらに明るい声で言った。

「何も高校に行くなとは言っていないよ、千瑛。けれどそうだな。せっかく君のお母さんが暮らしていた家に来たんだ。――少しの間、神坂の本家に滞在してほしい」

どうかね？　と微笑まれる。

透子は押し黙るしかなかった。――透子の答えを聞かぬまま、啓吾が締めの言葉を話す。

一族の人々は離れで執り行われるという新年の宴席へと移動して、広間には千尋と千瑛、透子。――それから、千瑛に「真千」と呼ばれた男性が残された。

千尋はいつだったか、自分を母親似だと言った。つい先日目にした彼の母親は美しい人だった。けれど、目の前にいる男性にもよく似ていると思う。

彼は透子に微笑(ほほえ)みかけた。

「きちんと挨拶するのは初めてだね。芦屋透子さん。息子の千尋がいつもお世話になっています。神坂真千です」

「はじめまして、芦屋透子です。いつかは美味(おい)しいお菓子をありがとうございました」

握手を求めてきた父親の前に、千尋が割り込んだ。

「宴会に行かなくてもいいのか、父さん」

千尋に父さんと呼ばれた神坂真千はため息をついて眼鏡のブリッジを押し上げた。眼鏡からのぞく目の色素が薄いのも、千尋と似ている。

「新年早々、父を部屋から追い出すような事を言わないでくれないか。気が滅入(めい)る」

「追い出されるようなことを言わなきゃいい。――さっきのは何だよ。あんな言い方して、透子を本家に監禁でもするつもりか」

敵意むき出しの息子の台詞(せりふ)に、真千は悲しげな顔をしてみせた。

「不穏な言葉を使うな、千尋。――本家に留(とど)まるように勧めたのは、透子さんのためでもある。守り姫の能力が透子さんにあるなら、早いうちにいろんなことを学んだ方がいい。

無能なおまえが口をはさむ問題じゃない」

千瑛が片方の眉を跳ね上げ、透子はひゅ、と息を呑んだ。

鬼狩りをする一族の中枢に生まれたのに何の能力も持たないことに、千尋が引け目を感じていることは知っている。出会って数か月の透子でさえ知っているのに、なぜ父親がそんなことを言えるのか。当の千尋は傷ついた様子はなく、ただ父親を睨んでいる。

「透子のため？　よくいうよ。本家の機嫌を取っていれば自分の会社へ資金援助してもらえるもんな」

真千は、鬼狩りとしての仕事もしているが会社も経営していると聞いた。

「邪推だ、千尋。透子さんは今まで、自分の異能に向き合ったことがないはずだ。なら、本家にいて早いうちに自分の力に慣れた方がいい——私の善意を疑わないでほしい」

「善意？」

千尋の声が冷たくなる。

「父さんに、そんなものがあるとは思えない」

「千尋、言いすぎだ」

千瑛が止めるとさすがに千尋は口を噤んだ。しかし表情は険しいままだ。

「……どうせ、俺が何を言っても透子を本家においておくつもりなんだろう？　だったら、俺も残るからな。本家の好きにはさせない」

真千はそれには答えず、笑みさえ浮かべて息子を見て……、いや、眺めている。

「千尋くん……」

透子が気づかわしげに名を呼ぶと、千尋が大丈夫というように頷く。

真千は肩を竦めた。

「勝手にしなさい。まあ、お前が本家にいて何が出来るとも思わないが……。透子さんの足を引っ張らないように」

真千は踵を返して広間を出ていき、千瑛が千尋と透子を振り返った。

「いや、ほんっと申し訳ないんだけど……、近いうちには帰れるように交渉するから、今日は本家に泊まってもらってもいいかな……。啓吾が透子さんを本家にとどめる、と言った以上、表だって逆らうとあとが面倒だ」

透子はこくん、と頷いた。

「大丈夫です。それに、母が暮らしていた家には正直、興味があります」

千瑛は「そお？」と首を傾げてから再びため息をつく。

「気を使わせてごめんね、本当に……長引かせないようにするから……千尋も滞在することは啓吾さんに伝えておく」

千瑛の言葉に二人は頷いた。透子は硬い表情の千尋に微笑みかける。

「千尋くんが側にいてくれるなら、心強いよ」

「透子は案外強いから心配してないけどな。誰かに何か言われたら、すぐ教えて」

「わかった」

千瑛が二人を温かい目でみて、それからパンっと手を叩いた。

「でも、二人だけだと不安なので、護衛を置いていきまーす！」

「護衛？」

二人の目の前に、ポンッと白いふわふわ——尾が二つに分かれた猫又が現れた。

「だ、だいふく!?」

「どうしたの!?」

千瑛はだいふくをよしよしと撫でてから、千尋に押し付けた。

「オレも来ちゃったあ！」

「……いつまでもだいふくを隠しきれるものでもないしね。透子ちゃんの式神でっす！　って紹介しといたから。三人で仲良くやるんだよ」

だいふくは興味深げにあたりを見渡している。

「ひろーい！　ねえ、ここって千尋のおうち？」

「いや、知り合いのうち」

だいふくの無邪気な様子に緊張がほどけたのか、千尋の眉間の皺が消えている。

透子はほっと息をついた。なし崩しで本家にしばらく滞在することになりそうだが、千尋とだいぶくがいるなら怖くはない。

カタン、と音がして三人が振り返ると、千不由が微笑んで立っていた。

彼女はにこりと微笑むと千瑛を見た。

「千瑛さん、お父様が話したいことがあるって」

「……いつからそこにいたんですか、千不由さん。声をかけてくれたらいいのに」

「皆さんが楽しそうだったから、割り込めなかったのよ」

どこから聞いていたんだろう。聞かれてまずいことは発言していないと思うが、なんとなくきまりが悪い。千不由は微笑んだまま踵を返した。

「……千不由、今の今まであそこにいたのかなあ」

千瑛がはあ、と重いため息をついた。千尋が眉間に皺を寄せる。

「いたかもな。千不由はいつもこっちを見張っている気がする」

千尋は、千不由が苦手そうだ。透子もなんとなく苦手だ。千不由の千尋を見る視線は優しいが、透子に向けるそれは冷たい。たぶん、千尋の近くにいる透子への嫉妬ゆえに。

千瑛が本家の人を呼び、女性は親切に客間に案内してくれる。

「じゃあ、またね――しばらく不便をかけるけど、頑張って」

はい、と透子は頭を下げた。

千瑛は少年少女を見送ってはあ、とため息をついた。

先ほどから、ちらちらとうるさい気配に後ろを向く。

「新(あらた)さんも何か御用ですか？……観察していないで声をかけてくださいよ」

「気づいていたなら、そっちから声をかけてくれよ。二人に挨拶する機会を逃した」

姿を現したのは、和服姿の青年だった。

紫藤(さいとう)新。

神坂の分家のひとつ、紫藤家の当主で紫藤和樹の後見人でもある。

千尋の父親、神坂真千は千尋の母親の美鶴との結婚前に恋人がいた。

その恋人との間に生まれたのが和樹だ。——子供までできた恋人と真千の結婚は許されず、真千と美鶴は本人たちの意思を無視して結婚させられて、当時は結構揉(も)めたらしい。

和樹の母は和樹が生まれてすぐに亡くなった。彼女の死後、真千は息子の認知はしたが引き取りはせずに、和樹は先代当主が取り計らって紫藤の家が後見になった。それから真千は和樹を紫藤家に預けっぱなしだ。

そこも理由がわかんないんだよなあ、と千瑛は内心でため息をついた。真千と和樹の母親は誰が見ても仲睦(むつ)まじい、絵に描いたように幸せな恋人だった、と聞いたことがある。

そんなに大事な女性の息子だったら、普通はもっと大切にするんじゃないだろうか。

真千は望まぬ結婚相手だった美鶴との息子の千尋に冷たいが、かといって和樹に愛情を注ぐわけでもない。

千瑛の知る限り親子関係はどちらの息子ともこじれている。新も和樹の後見人としては思うところがあるようで、真千に対して時折苦言を呈するのを見たことがあった。

「千尋と透子ちゃんにはそのうち紹介しますよ。で、新さんが改まって何の用ですか？」

「先日の鬼狩りで、怪我(けが)をしたって聞いたからね、どんな具合だ？」

ああ、と千瑛は手を見た。大晦日(おおみそか)に駆り出された鬼狩りの仕事で千瑛は油断もあって鬼に傷をつけられた。まるで千瑛が行くことを知っていたかのように待ち伏せされていたのだ。

「かすり傷ですよ……。不意打ちで防ぎきれませんでした」

「君がかすり傷なら他の人間には致命傷だ。千不由は君の治療を拒んだらしいな？——自分の役目を放り出すなんて、我儘(わがまま)すぎる」

神坂家には様々な異能持ちがいる。千不由は他人の怪我を癒(いや)せる数少ない能力者だ。鬼狩りで負った傷は彼女が治療するのが決まり。

「いつも拒否されるわけではないですよ……。最近は千不由さんの負荷も高いし、疲れているんでしょう」

ふん、と新は鼻を鳴らした。

「いつも疲れているけどな！　実際、我が家の鬼狩りたちの治療も拒まれた」

「……本当ですか？　それは知らなかったな」

よくみれば新の袖から覗く腕にも包帯が巻かれている。骨にひびがはいって、固定しているらしい。千不由に治療してもらうのは癪なので、自然治癒させるという。

「それに——さっきの茶番はなんだ？　いかに守り姫になる可能性がある少女だからと言って、高校生を軟禁するとか頭がおかしいんじゃないか？　本家はいつも私たちに仕事を押し付けて、指示ばかり！　啓吾も、千不由も真千も、自分で鬼狩りに行けばいいんだ」

「はは。当主が自ら動くのは存在が軽く見える……からでしょうか」

千瑛は笑って誤魔化したが、内心では同意する。

先代当主も業突く張りの爺ではあった。が——少なくとも啓吾のように後ろから口をだすだけではなく、自らも鬼を狩って人々を守ろうという気概はあったように思う。

なおも新は啓吾に関しての不満をぶちまけた。

自分だけではなく紫藤の家の若い能力者が何人も負傷したことがよほど腹に据えかねているようだ。新さんも、ストレスたまっているな、と千瑛は苦笑した。

千瑛は本家の人間だから啓吾に分家の不満は伝えねばならないだろう。もう少し分家の人々をいたわり、あなたも現場に出るべきだ、と。彼の心に響くかはわからないが。

新は透子たちが去っていった方角を見た。

「……透子さんの処遇はどうかと思うが、鬼狩りの力がもっと欲しいのも事実だ。——啓吾の話にもあったが、最近、鬼狩りの現場で失敗することが多い」

「確かに。妙に……強くなっているというか」

「そうだな、だがそれだけじゃない。鬼の動きも活発になっているし、私たちの動きがどうも先読みされている。……内通者がいるのかもしれないから、気を付けてくれ」

不穏な事を告げて、新も去っていく。イグサの香りも新しい広い畳の間に座り込んで、縁起でもないな、と千瑛はため息をついた。


「――千尋くんは、あんな顔で笑うのね」

神坂千不由は俯きながら歩いていた。廊下の木目をじっと見つめながら、先ほど目の当たりにした光景を反芻する。

『千尋くんが側にいてくれるなら、心強いよ』

『透子は案外強いから心配してないけどな』

親しげな二人が何度も頭の中で喋って、呼吸が浅くなる。

千不由の記憶にある千尋はいつも緊張していて、言葉少なく頑なだ。千尋があんなに打ち解けて気安く話すのは、千瑛以外には見たことがなかった。

芦屋透子は夏にこちらに来たばかり――千不由が千尋を「見て」いた時間よりずっとずっと短い。それなのに……。

表情を失くしたまま歩く千不由の思考を騒がしい声が乱した。

「千不由さん！　ここにいらしたんですか」

「ねえ、新年の宴席に一緒に行きましょうよ」

千不由は呼び止められて足を止めた。

千不由と同じく新年にあわせて振袖を着た一族の少女たちの名字は神坂ではない。

――基本的に当主から六親等以上離れると、神坂の名字を名乗ることは許されない。分家に入るか、親戚筋の名字を名乗る。それでも、資産家である神坂本家の恩恵にあやかりたい親族は縁を強めようと、千不由と年が近い子供たちを下宿させてくる。

「広間にいたのよ。千瑛さんに用事があって」

「千瑛さん！　相変わらず素敵でしたね。なんで千尋やあんな余所者と親しくするの……」

「やめて」

少女たちを適当にあしらっていた千不由の声が尖る。少女は言葉を呑んだ。

「千尋くんは真千さんの息子で、神坂よ？　どういう理屈で悪く言うの？」

「す……、すいません。悪く言うつもりは」

冷たい視線を向けられて少女は震えあがる。

「悪口を言う相手を選ぶことね」

千不由は彼女たちを置き去りにし、自分の部屋に向かった。

本家の奥は、当主一家のプライベートな空間で、一族の者でも足を踏み入れることが出来ない。そのさらに北東の奥。白壁の蔵の前で千不由は立ち止まる。

帯の中に入れていた鍵を取り出して重い蔵の戸を開け、そっと暗闇に足を踏み入れた。

用心深く扉を閉めると彼女の前に、ほの明るい空間が現れる。千不由は無言で自分の掌(てのひら)をひっかき、血を滴らせる。

「……開けなさい」

千不由の傲慢な声にこたえるように、何もなかったそこに、光る扉が現れた。迷いなく扉を開いて白い空間に足を踏み入れた千不由は目的の「その人」を見つけ顔を歪(ゆが)めた。

目の前には黒い髪が美しい白装束の女がいた。

頑丈な木の格子で作られた部屋……いや檻(おり)の中で沈黙し正座をしている。千不由は木の格子に手をかけ、人形のようにただ一点を見つめている彼女に語り掛けた。

「ねえ、聞いた？　芦屋透子が来たのよ。ここに」

千不由の声が聞こえないのか、『彼女』は黙ったまま、視線の先にある何かをじっと見つめている。

「新しい守り姫を見つけたってお父様は喜んでいるわ――あなたがもうすぐ使いものにならなくなるからって！」

女の青白い顔には何の変化も見られず、千不由は格子によりかかるようにしてずるずると床に崩れ落ちた。

「相変わらず、私を見ようともしないのね！　あなたも私を馬鹿にしているんだわ……。でも、あなたをどうするのも私たち次第なんだから……。あなたが役に立たなくなれば、この部屋の主は代わる。あなたは用済みよ。そのとき縋ってきても遅いんだから……」

横目でそっと窺うも、『彼女』は表情を変えない。変化を見逃すまいと千不由はじっと見つめたが、残念ながらそれ以上の変化は見られない。

千不由は、格子から手を離した。

「千尋くんもあなたも――私に感情を動かしてはくれないのね。ずるい――みんな、あの子ばっかり……ふふ。いいの。わかっていたことだから」

千不由はひっそり笑い、抱えた膝の上に顔をうずめた。

＊

「今まで異能の修練をしてこなかった芦屋透子に修練をさせる」

神坂家当主、神坂啓吾の一声で、透子は星護神社に帰れなくなってしまった。

透子としては、あまり事を荒立てたくない……それに、神坂本家にすこし興味もある。

ということで、急遽、神坂本家での居候生活が始まった。

居候生活をはじめて数日後、朝起きたら部屋のドアが開かなくなっていた。

──開けてくださいとどれだけ叩いても笑い声はするものの開けてくれる様子がない。

困り果てて、透子からの着信に気付いた千尋が来てくれなければ今も部屋にいただろう。

「……箒をつっかえ棒にして閉じ込めるとか。ドラマみたいだな」

千尋はうんざりとため息をついた。

犯人が誰かは目星がついている。

神坂家には当主の啓吾一家の他に、何人か下宿している親戚筋の若者がいる。星護神社に居候させてもらっている透子と、同じようなものかもしれない。

彼女たちも居候だから、透子と立場は同じはずなのだが──、とにかくあたりが強かった。

服を着替えて食堂に行くと彼女たちは顔を見合わせてけらけらと笑った。

「寝坊したの？　いやね、朝食は七時からって言ったでしょう？　芦屋さん」

「もう八時前よ。遅いったら……いい気なものね。ああ、朝食は片付けたから」

本家に来た日に千尋と透子に嫌味を言った少女二人は、葵と楓という名前だ。

有名な私立の女子高に通っていて、今日は始業式だからと制服を着ている。

制服を身ぎれいに着こなして彼女たちは顔を見合わせた。

「私たちは今日から高校に通うけど。——あなたは本家のご厚意でお世話になるんだから、ちゃんとお掃除も洗濯もしてよね」

せせら笑う葵に、千尋がカチンときたらしく、珍しく語気を強めた。

「おい、その前に何か言うことがあるだろ！」

千尋が手を伸ばすと、少女はふん、と鼻で笑った。

「触らないで、千尋。無能な人間に触れられて私の異能に変化があったら困るわ」

「おまえなあ……性格悪すぎじゃないか」

「正直なだけよ」

千尋が顔を引き攣らせたが葵はどこ吹く風だ。

二人は透子と千尋をあざ笑うと、連れだって玄関から出ていく。

鈴を転がすような、と形容すればいいのか。とにかく、ただ楽しげな二人の笑い声が遠ざかるのを聞きながら、透子はへなへなとその場に座り込んだ。

神坂本家の使用人たちの視線はおおむね透子には冷たいが、さすがにあからさまに危害を加えてくることはない。せいぜいが無視するくらいだ。そんな中、葵と楓の悪意はむき出しで、それだけでなく、やることなすことが——嫌がらせが、幼稚なのだ。

食事を勝手に片づけたり部屋に透子を閉じ込めたり、風呂の湯を透子が使う前に抜いていたり……と。陰湿でしかもわかりやすい嫌がらせばかりされている。

透子を田舎者、余所者と罵るだけならまだいい。千尋を——仮にも本家に近いはずの千尋を無能とあざける。そういう二人もたいしたことが出来るわけではないらしいのだが。

「ごめんな、あいつら……やっぱ星護神社に帰ろうか」

千尋が眉間に皺を寄せて唸る。透子は首を振った。腹は立つが、地元にいた時の伯母から受けた粘着質な嫌がらせに比べたら可愛いものだ。

「大丈夫。なんかシンデレラになった気分で面白いよ……アトラクションみたい……」

「確かに……」

「スマホが使えないのは困るけどね……」

修練に邪魔だとスマホは使用しないよういいつけられてしまった。おかげで透子は陽菜や桜と連絡が取れない。急に登校できなくなったので、心配していないといいが。

二人がげっそりとしていると足音が聞こえてきた。振り返ると黒のスウェットの上下——完全に寝起きだ——の和樹が欠伸をしながら部屋にやって来た。

「シンデレラねえ。ま、確かにあいつらヒロイン虐めて喜ぶ、噛ませ犬っぽいよな」

「言い方がひどいな」

千尋が呆れた。

紫藤和樹は、普段は都内のマンションで一人暮らしをしている。週末には本家ではなく、神坂の分家で、彼の後見人の新がいる紫藤家に戻るらしい。

そんな彼が本家にいるのは千瑛に透子の事を頼まれたからだった。

星護町で頻発する鬼の被害対応に駆り出されるせいで千瑛は忙しいので「初心者向けに分家から先生をお招きしたよ！」と言って現れたのが和樹だ。

『僕が透子ちゃんを教えるつもりだったんだけど。本家はどーも別の誰かに教えさせたいっぽいんだよね。——変な奴が来る前に、和樹を指名したんだ』

和樹は理路整然と基礎を教えるのが上手だからちょうどいいだろう、というのが表向きな理由。千瑛としては千尋と透子だけを本家に居候させるのが不安で、護衛も兼ねて推薦されたらしい。——というわけで和樹も本家に寝泊まりすることになった。

『和樹は性格悪いけど、危害を加えてくることは絶対ないから』

と、千瑛から和樹への信頼は篤いらしい。

嫌味と皮肉ばかり言う人で苦手だ、と思っていた和樹だがお正月に一緒に神社でバイトをしたせいか、幾分気安く話ができるようになっている。

彼はぞんざいに「朝飯」と千尋と透子に要求してきたので、千尋がいやいや食パンを焼いてゆで卵をつけて渡すと和樹のテンションは目に見えて下がった。

「千尋……おまえさあ……前から言っているけど。もう少し朝食に情熱持てよ……」

「腹がいっぱいになればいいじゃん」

和樹は舌打ちし、それでも『いただきます』と行儀よく手を合わせて朝食をとった。

千尋は食に栄養補給以上の情熱は持たないタイプだが、和樹は違うらしい。

和樹は透子にちらっと視線を向けた。

「葵と楓の馬鹿を相手にすんなよ。あいつらは怯えているだけだ」

「怯えている？」

「異能者だって威張っているが、あいつらは鬼をどうこうできるわけじゃない。葵は確かに鬼の気配を読むのはかなり得意だが——一人じゃ役に立たねえ。——親が啓吾さんと親しいから、千不由の取り巻きをやっているだけだ。そこに、単独で鬼を封じることが出来る守り姫がきたらどうなると思う——？」

「啓吾さんは、千不由の側に葵たちより透子を置きたがる？」

和樹は千尋の回答に肩を竦めた。

「そ。自分たちの立場が危うくなりそうで嫌なんだろ。守り姫を歓迎なんかしない」

なるほど、と透子は頷いた。

守り姫——。

『神坂の——特に本家に近い生まれの女性に、鬼を斃すのではなく封じる能力が顕現することがある。たぶん君にも』

そう、千瑛は言っていた。

和樹は頬杖をついて呟いた。

「霊が禍を為すようになったものを、鬼と呼ぶっていうのは知っているよな」

透子は口の中で、鬼、と復唱した。

和樹は慣れた調子で続ける。

「平安末期、戦乱で世は乱れていた。多くの人間が非業の死を迎え霊が鬼に転じる現象が頻発した。そんな乱世で奇跡の如く鬼を斃す能力を得た女性が現れ――その神のような素晴らしい能力を持った女性の子孫が神坂――と俺たちは自称している」

『かみさかの、さかいのたみがこいねがう。悪しきさかいの、わざわいを。あるべきやみへ、かへりたまらせ』

その一節は透子でも知っている。

神坂はどういうものか、を伝える伝承の一部だという。

人々を禍から遠ざける神の使い。その子孫だ、といういささか傲慢な自任が神坂の一族にはある。時代を経て一族の異能は薄まったにせよ神坂は人々のために鬼を斃している、特別な一族だ、と多くの者が思っている。

その神坂の一族では鬼を斃すだけではなく「封じる」能力を持った守り姫がいて、特に尊ばれる能力なのだと聞いた。

『修練場』と呼ばれる武道場に移動して、和樹は透子を自分の正面に座らせた。

「葵みたいに個人的に嫉妬する奴を除けば神坂の一族は今でも異能者をありがたがっている。周囲の評価を変えたいなら俺の指導に従ってちまちま異能を磨くんだな」

そう言って和樹が空中で手を振った。きらきらとした光の蝶が透子の周囲を舞う。

千瑛が修練用に、と預けてくれた式神だ。

「何を使っても構わない。まず、その蝶を閉じ込めて捕まえられるようになれ」

だいふくのように実体を持つ特別な式神を除いて何も見えない千尋は首を傾げている。

透子が千尋に触れると彼は「おお」と目を瞠った。

どうしてかはわからないが、透子が千尋に触れている間だけ、千尋は式神や鬼の存在を認識することが出来るみたいだ。

和樹は何か言いたげだったが、千尋の現象には言及せず、透子を見た。

「軟禁状態を解除してもらうには、芦屋は本家で修行して、ある程度異能の使い方を覚えて……。もう十分だから星護神社に帰ってもいいと思わせたい――、んだよな」

「……たぶん」

「じゃあ、最低限その式神を『結界に閉じ込める』ことが出来るようになって当主に示すのが手っ取り早いと俺も思う。……だけど」

「だけど、――なんでしょう？」

透子が首を傾げると、和樹は鼻に皺を寄せた。

「守り姫として芦屋がモノになったら、当主が軟禁を解くって？　それは本当か？」

え？　と透子は声を上げた。

「千瑛さんを見ていたらわかると思うけど、鬼狩りは人手が足りない。二十年前に鬼が活発になってから、ずっとな。お前が役に立つなら――守り姫という貴重な戦力を呑気に星護へ戻らせるなんて本家が許すのか？」

透子の沈黙を気にせず和樹は続けた。

「俺が言うのもなんだけど、常識がある鬼狩りは分家の一部と千瑛さんくらいだ。いっそ自分は役に立たない、ってフリした方が帰れるかもしれないぜ？」

透子は考え込んだ。

口は悪いが、和樹は心配をしてくれているのだ。確かに、自分は守り姫だ！　役に立てる！　なんて主張したら、利用されてますます本家に束縛されるのかもしれない。けれど。

――秋に会った鬼を思う。

透子や千尋を悪意のまま傷つけた鬼の恐ろしさ。それに、彼女に傷つけられた女子高生を思い出す。彼女たちは今も後遺症に苦しんでいると聞く。

「和樹さんの言う通りかもしれません。私が鬼を封じるようになったら、ますます帰してもらえないのかも。本家の考えは心配ですけど、できることが自分にあるなら学んでみようと思ったのも事実なので、続けます。私に、いろいろと教えてください」

よろしくお願いしますと頭を下げると、和樹は嫌そうに眉間に皺を寄せて「馬鹿な女」と悪態をついた。

＊

透子の母の名前は真澄という。

旧姓は神坂、真澄。当主から近い人物以外は名乗れないその名字を名乗ることが許されるぎりぎりの範囲にいた女性。そして――、守り姫の――鬼を封じる能力が彼女にはあった。

しかし、彼女は神坂の守り姫を辞して透子の父親と結婚した。

千瑛は詳しくは語らないが、結婚の際、真澄はたぶん神坂家と揉めたのだと思う。それからずっと真澄も透子も神坂とは没交渉で、真澄自身は透子が五歳の頃から行方不明だ。

『透子ちゃん』

そう、優しい声で名前を呼んでくれた母を思い出すと透子の胸は今でも締め付けられる。

どこにいるの、お母さん。

どうしていなくなってしまったの……。

夢の中で透子はいつも五歳の子供に戻る。戻って迷子になって、母を捜す。

走って、走って、泣きながら走って、透子はあっと声を上げて立ち止まった。

長い黒髪の母が白い着物を着て困ったようにこちらを見ている。

「お母さん！　そこにいたんだね、お母さん！」

『……透子。大きくなったのね。どうしてこちらに来たの』

透子が抱きつくと母は嬉しそうに背中を撫でた。

「千瑛さんに言われてきたの！　私が守り姫だって言うから。お母さんと同じ能力があるかもって！……お母さんがいた時のことを知りたくて……」

母は無言で透子の背中を撫でた。

「ねえ、お母さんどこにいるの？　どうして私の前からいなくなったの？　どうして……！」

透子を抱く腕に力が籠る。

『透子はここへきちゃ駄目なのよ。お母さんが皆を守るから。透子は帰って。ここに来たらいけないの……』

どうして、と問いを重ねても母は答えない。

そうしてさようなら、と透子に微笑む。

「お母さんっ！」

伸ばした透子の手はやんわりと押し返される。何者かに背後からからめとられ真澄から引き離されていく。

笑顔の母がまるで壊れた映像のように消えていくのを見ながら透子は飛び起きた。

「お母さんっ！」

「うにゅん、飛び起きないで。透子ぉ違うよぉ、オレ、だいふくだよぉ」

上半身を起こすとお腹の上に白いフワフワ――だいふくがいた。

猫又仕様の式神は千尋の「透子の側にいて意地悪する奴から守ってくれ」という命令を忠実に聞いて、夜は透子の部屋で寝ている。

「ご、ごめん。驚かせちゃったね」

「ううん。透子、怖い夢を見ていたの？　顔が怖かったよ」

大丈夫だよ、とだいふくをひと撫でして透子は着替えた。

いつも千不由の側にいる年配の女性から「品位を保つために毎日着物でいるように」と言われたが、透子は着付を一人では出来ない。途方に暮れていると深いため息をつかれ、適当な服を着なさいと匙を投げられてしまった。

そんなことを言っても着替えも何も持ってきていないのにと蒼褪めていると、佳乃がスーツケースに必需品一式を詰めて持ってきてくれたので何とか事足りた状態である。

「無理せんと、帰ってきよし。学生なんやから学校の勉強が本分やない！　ご当主は何を考えてはるんやろうね……！」

荷物を持って来てくれた佳乃はぷんすかと怒っていた。

佳乃は旧姓神坂で本家に近い人なのだという。

鬼狩りではないが、先代の当主の「お気に入り」だったらしく、現当主である啓吾も彼女の強い物言いは大目に見る。そういう立場なので、当主である啓吾に一言モノ申して帰ろうか、と言ってくれたが透子はお気持ちだけありがたく、と首を振った。

自分の能力で何が出来るか知りたいし、まだここに居たい。

何より、妙な感覚だが神坂家のいたるところから気配がするから。——母、真澄の気配が。

こんなことは初めてで透子は戸惑っている。

母が暮らしていた家だから、気分が高揚して母の気配がするなんて錯覚しているだけかもしれない。けれど、どうしてもここにいなければ駄目だ、という予感がしている……。

(透子はここへきちゃ駄目なのよ)

夢の中で聞こえた言葉は透子が都合よく描いた母の幻なのだろうか。そうかもしれない。

でも、と思う。……もし真澄がここにいるのだとしたら。もしくは何か手掛かりがあるのだとしたら――透子は、本家を離れがたかった。

朝、ジーンズとセーターに着替えて部屋を出ると「暇なら掃除をするように」と使用人の女性から言いつけられる。バケツと雑巾を渡されて、中庭をぐるりと囲む縁側を示された。私が神坂の家にいるのは掃除の為じゃなくて修練のためだと思ったけれど、住居と食事を提供されているのは事実なので仕方ないか、とため息をつく。

雑巾を浸して絞るとそれだけで指がかじかんだ。

「つ、冷たい……」

真冬に冷たい水で雑巾がけをするのは本家の流儀なのだろうか。――縁側を端から端まで丁寧に拭いてため息をつく。修練を見てくれると言っていた和樹との待ち合わせ時間は十時。後五分あるから何とか間に合いそうだ――と思った時、背後からすっかり聞きなれてしまった声が聞こえた。

「葵ちゃん、見てよあれ！　やだぁ、何よあの恰好？」

「――本家にいるのに、安っぽい服着ないでほしいわ」

葵と楓だと気づいて透子はびくりと肩を震わせて振り返った。彼女たちはずっと透子に絡んでくる。そして絡まれた後はろくなことがない。

「ねえ、透子さん何しているの？」

「……雑巾がけです」

葵は鼻で笑って――ばちゃん、とバケツを廊下の板目にそってひっくり返した。

「あっ……」

せっかく綺麗に拭いた板目の広範囲に水が広がっていく。もう一回やり直しだと透子はさすがに蒼褪めた。嫌がらせにしてもたちが悪い。

「何をするんですか」

「――ごめんなさいね、手が滑って」

「嫌だ。怖い顔しないでよぉ！　わざとじゃないんだから。もう一回やり直して？」

あはは、と葵と楓が顔を見合わせて笑う。二人は可愛らしい顔をして性格が悪い。あんまりだ、と透子がさすがに反論しようとした時。

「うるせえ、ひっこめ三下」

「きゃ」

「何っ」

ぱしゃり、と水音がして二人が叫んだ。黒いスウェットの上下を着た不機嫌な和樹が葵と楓の背後に立っていた。手には容量の減ったミネラルウォーターのペットボトルが握られている。

「なっ、誰」

「お着物が！　どうしてくれるの……あっ……」

声を荒らげた二人は、水をかけてきた相手が和樹だとわかって途端に口を噤んだ。

「『ごめんなさいねえ、手が滑ってぇ』——俺もわざとじゃないんだ、何か文句が？」

煽る様に裏声で言われて二人が押し黙り、フルフルと首を振った。

神坂の家は異能持ちが力を持っている。だから、能力の高い和樹に二人は逆らえない。

「文句を言う度胸がないなら二度とすんな——芦屋をいびるのは構わないけどな、俺が拘束してない時間帯にしとけ。そこの水は葵が零したんだから、お前たちが拭けよ？」

和樹が命じると、二人は首を振った。

「そ、そんな。着物が汚れちゃう」

「知るか。なんなら着物代を紫藤家に請求しとけ。新さんに事情は全部話しておいてやる。……全部な」

ガンっと和樹が葵の顔の隣の壁に、拳を打ち込んだ。ひゅ、と喉が鳴る。遠くにいた透子もひえ、と小さく声を上げた。

「俺がやれ、つってんだから、拭け——楓もやるよな？」

「……はい」

葵と楓が「あんたが余計なことをするから！」「やろうと言ったのはあんたじゃない！」と言い争っている。

いつの間にか透子の背後にいた千尋が呆れたように嘆息した。

「和樹が誰に対してでも性格悪いのは感心するよ。やり方が怖いけど」

「千尋くん？」

「時間になっても透子が来ないから捜していた」

「ごめんね、間に合わせるつもりだったんだけど」

透子は顔を引き攣らせ、千尋はこちらに不機嫌な表情のまま歩いてくる和樹を見た。

「一応聞くけど。今のって透子を庇ってくれたわけ？　ありがとうお兄ちゃんとか言った方がいいか？」

千尋の質問に、和樹は腕を擦った。

「気色悪い事言ってんじゃねえ！　芦屋がいつまでたっても来ないから呼びに来たんだよ。いいか、教えを受ける以上、遅刻すんな」

千尋はまあいいけど、と頬を緩めた。仲の良くない兄弟……なはずだが、ここ最近、三人でよく過ごすからかほんの少しだけ二人の間に流れる空気は優しい。

透子は和樹に謝罪しようとして少し考え、「ありがとうございました」と言い直して、和樹に頭を下げた。和樹の眉間の皺が深くなる。

「礼はいらない。——葵と楓も相当幼稚だな……千不由に止めさせるよう言っておく。いちいち邪魔されたら面倒だ。俺だって暇なわけじゃない」

確かに、嫌がらせに関わるほど透子も暇ではない。修練のためにここにいるのだから。

「行くぞ」

と言葉短く言われて透子は彼に従った。本家には先代が作らせたという修練場があり、その真ん中に和樹は座り透子を手招いた。

和樹が透子にさせているのはシンプルな事だった。

「まず、基本を学べ。守り姫なら鬼を封じ込めることが出来るはずなんだ。まずは結界を作る——千瑛さんから教えてもらった通りにな」

式神がいるんなら協力させろとだいふくを連れてきて、透子にだいふくを閉じ込める結界を作らせる。

「鬼狩りは一時的に鬼を結界に閉じ込めて自由を奪うことは出来る。術を解けばすぐに逃げられるが。守り姫が出来るのは、いうなればその結界の永続だ——まずは結界の修練をすればいい」

最初は長い数珠を円にする。だいふくにそこに入ってもらって想像するのだ。「檻（おり）」を。

だいふくを鬼だと仮定して逃さないように力を籠める。

「——おい、猫。その円の中から、全力で逃げろ。出られたらツナ缶やる」

「ほんと？　頑張る！」

というわけで透子はだいふくを閉じ込める、だいふくは透子から逃げる……、という鬼ごっこを数日繰り返してきた。

数珠の中でなら数分間、だいふくを閉じ込めることが出来るようになっても、じゃあ、それなしでやれと言われると、あっさりと何もできなくなる。

武道場の床に円を指で描いて「だいふくをここに閉じ込める」としても、だいふくは周囲にできたらしい壁をちょいちょいと爪でひっかいてはあっさり壊してしまうのだ。

「わーい、だいふくの勝ち！」

だいふくが楽しむ前で、透子は頭を抱えた。今日も千尋の手によって、うず高く貢ぎ物の如く積まれていくツナ缶を見つめて透子はため息をついた。

「私、本当に守り姫なんでしょうか……」

「鏡に鬼を閉じ込めたんだ。間違いないだろ。――数珠で式神を閉じ込めることができるんなら、道具がなくてもできるはずなんだけどなあ。理論上は」

和樹はツナ缶を眺めながらため息をついた。

彼は結界を作るのはそう得意ではないらしい。どっちかというと鬼を物理的に攻撃するのが専門だと言っていた。――その和樹でさえ数珠やなにか他の道具を使用せずにだいふくの動きを止めることは出来る。

「この数珠は力が籠めて有るんですよね？　以前、私が千瑛さんに貰ったみたいな」

千瑛は以前、透子に「力を封じる」ための水晶でできた数珠をくれた。

あれには鬼を封じる力もあって……。と透子が言うと和樹はべ、と舌を出す。

「そんな高価なやつは使ってねえ。これは寺町の参道の土産物屋で売っていた数珠」

「えっ……！」

透子が驚きの声をあげると和樹がニヤリと笑う。

「なんの力も籠もってないおもちゃだ。だから──芦屋は数珠に頼って猫又を閉じ込めているわけじゃない。自分の力だ。──数珠があったらできる、なかったらできないって自分で思い込んでいるだけ」

そうだったのか、と透子は愕然とし、千尋が感心した。

「プラシーボ効果みたいなやつ？」

「だな」

「種明かしをしてもらっても、やっぱり数珠が無いとできないみたいです……」

「手鏡は？」

千尋に言われて透子は、いつもバッグに入れて持ち歩いている手鏡を取り出した。

以前、鬼を封じた手鏡。これは母の真澄が実際に使っていたものだと聞いた。

「たぶん、手鏡なら、だいふくを閉じ込める事は出来ると思う」

手鏡に鬼やだいふくを閉じ込めるイメージは、明確に浮かぶ。

「だけど逆に、鏡の中にだいふくを閉じ込めたら、解放の仕方がわからないな……って」

透子の言葉にだいふくが毛を逆立てた。

「ええっ！　オレずっと鏡の中にいなきゃなの!?　そんなの、いやだあ」

うーん、と透子が考え込んだ。

「鬼をただ封じ込めておくだけなら、手鏡があればいいが。それだけじゃ駄目だろ？」

「だめなんですか？」

「だめだね。理由は二つある。一つはいつも手鏡とか道具が手元にあるとは限らない——それが鬼に奪われたりしたら、そこで詰みだろ？」

「確かに」

「それに手鏡は強力だが、何体も封じられる訳じゃない、よな？　俺の感覚だけど」

和樹の指摘は正しい。

「たぶんそうです。柴田先生を封じたときもこれ以上は無理、という感覚がありました」

——要するに鬼を封じるのに手鏡は強力で確かな道具だが、それだけでは鬼狩りとして外に行くのは危険。手鏡に頼らずに鬼を封じることができなければならない。

「要するにイメージトレーニングが必要って事だろ？」

——それをするためには、どうすればいいか、が問題なのだが……。

「どういうこと？」

「野球でもさ。打席に立つ前に『自分が打つ姿』を想像するんだ。どこに打球が来て、どう腕を振ってどう身体を使えば打てるか、って——まずは完成形を思い描く。そこに近づける修練をすることで効果は何倍にもなる……って、言っている意味、伝わる？」

「うん、わかりやすい」

透子が手を叩いて褒めると千尋は苦笑した。

「透子は数珠があったら出来るんだろ？　ってことは何かきっかけがあったら『できる』んだ——じゃあ、ルーティーンを入れてもいいのかも」

「ルーティーン？」

和樹が怪訝な表情で千尋を見た。

「鬼を閉じ込めるのに特別な言葉は必要ないんだろう？　呪文みたいな」

「無いな。やりやすいからって使う奴もいるけど基本的には、あってもなくてもいい」

要は「それがあると」やりやすい、ということだけなのだ。

「檻？　を作る想像をする前に動作を決めてみるとか。くるっと指をまわすとかさ」

「なるほど」

透子が頷くと意外にもこれには和樹も同意した。

「確かに、それはいいかもな」

透子は考えた。自分の中で鬼を閉じ込めるイメージがあればいいのだ。

そのイメージを作るときに、何か動作を取り入れる……。

「今は……、だいぶくを囲んだ数珠の上に透明な壁が立ち上がっているイメージなの。その上に別の、蓋をする感じ」

薄い膜でおおっているような感じなのだ。膜は、もろくすぐに壊れてしまう。

「そうじゃなくて、――閉じ込める何かをイメージできたらいいのかな……」

何がいいだろう。鎖？　違う、檻？　それも違う。

もっと囲い込むようなものがいい。全方面を――囲うような……。

透子の視界に、修練場の正面に飾られた籐の花器が目に入った。透子はポンと手を打った。イメージが簡単なフォルムだったから上手くいかなかったのかもしれない。

「あの花器みたいな感じがいいな。蓋をするんじゃなくて、編み込むの。その籠の中に――閉じ込めて、封じる」

紐を交互に編み込んで作る丸い手毬のようなものを思い浮かべる。そうだ、編むのだ

――思いついた透子は、己の十本の指を伸ばしたまま交互に絡ませた。

この指みたいに自分の力を絡ませて、編む。

編んで、籠をつくる――！

「だいふく、ちょっと協力してくれる？」

「いいよぉ」

透子はだいふくの返事をうけて、自分の指を交互に絡ませた。

――籠、だ。だいふくが出ていけなくなるような籠。ぐるりと、取り囲んで。

閉じこめて。守る。

ぱしん！　と静電気が走った。

「ふにゃ！」

だいふくが悲鳴をあげる。猫は何か球体に閉じ込められたかのような奇妙な形で宙に浮いている。透子と和樹にはだいふくが閉じ込められた透明な檻が見えるが、見えない千尋は「だいふくが浮いている！」と驚く。

「出来た！」

透子が喜んでいると、デコピンの仕草で和樹が籠を弾いた。ぱちん、と呆気(あっけ)なく籠は壊れてしまう。

「……脆弱(ぜいじゃく)。ついでに発動するまでに時間がかかりすぎる。やりなおし」

「ええっ……」

透子は叫んだが、和樹に冷たい目でじとりと見られて黙った。

「呑気(のんき)な式神を閉じ込めて成功したって喜んでどうする。俺やおまえが相手にするのは自由自在に動き回る鬼だぞ。鬼に会った時に『今から閉じ込めるんでじっとしててください』とでもお願いするつもりか？」

ごもっともな意見に、透子はがっくりと肩を落とす。

「……毎日繰り返して精度あげるしかないんじゃないかな。外野の意見で悪いけど」

千尋の言葉にううん、と透子は首を振った。

「千尋くんの説明わかりやすかったし……ありがと」

「役にたったならよかった」

ほのぼのと見つめあう二人に和樹がチッと舌打ちした。

「和んでないでさっさとやれ。もう一回」

「……あの、和樹さん。ちょっと疲れたんですけれど。少し休んでも……」

「いいわけないだろ。俺は、午後は大学に行くんだよ。さっさとやれ。十秒以内で作れ」

優しい千尋に比べて和樹はスパルタだ。

——飴と鞭……。と思いながら透子はもう一度檻を作ってみた。

次の日も、その次の日も（——和樹の脅しに懲りたのか、葵も楓も突っかかってはこなかった）和樹と——都合が合えば千尋も一緒に——籠を作るイメージを作り上げる。

「十秒以内で籠を作れ」という和樹の要求になんとか応えられるようになった日、和樹が透子の鏡を指さした。

真澄が守り姫として使用していた手鏡だ。

「頭の中で式神を封じ込めるイメージが出来たなら、次は籠ごと、鏡の中に閉じ込める練習をしてみるか？」

透子は鏡を見て、ついでだいふくを見た。

籠に閉じ込めただいふくを、鏡の中に移す――。

「オレ、鏡の中に入ったらいいの？　透子」

だいふくが協力してくれたなら、籠ごとだいふくを鏡の中に入れることもできるような気がするのだ。――だが。

「止めておきます。だいふくを鏡の中に閉じ込める感覚はなんとなくわかるんですけど」

「けど？」

「やっぱり、……鏡の中が、どうなっているのかわからなくて。なんだかすごく広いところとつながっているような気がして恐ろしくて。籠は自分の意思で消すこともできるんですけど、鏡は――戻せそうにないし……そういうの、わかりますか？」

「わかるわけがないだろ。俺はそっち専門じゃない」

にべもない。

「――つまりは、その猫又を閉じ込めたが最後、出せる気がしないわけだな？」

「ええと、はい……」

「でも、前はお前の担任だった鬼をそれに封じ込めたわけだろ？　今は鏡の中には、いない。じゃあ叩き出す方法があるんじゃないのか？」

透子の担任だった鬼、柴田は確かにこの鏡に封じた。彼女がどうなったかは透子も知らないのだ。鏡が戻ってきたとき、柴田は少なくとも鏡の中にはいなかった。

「そうかも、しれません」

透子の言葉に「まあ、お前に聞いてもしょうがないか」と和樹は頷いて背伸びをした。ずっと座って透子の手元を見ていたので肩が凝ったらしい。

「そこらへん散歩して、低級の鬼でも捕まえてくるか……」

そんな適当な、と透子が言おうとした時、修練場の扉が開いて、一人の男性が顔を出した。

「やあ、はかどっているかな？」

爽やかな印象の眼鏡の男性に、和樹の顔が曇った。

「……何しに来たんだよ、父さん」

「えっ」

男性は眼鏡の奥の目を細めて微笑む。背広なのでわからなかったが確かに、真千だった。

「和樹が真面目に守り姫を指導しているって聞いてね。差し入れを持ってきたんだ」

だいふくが「まさかず。千尋のパパ……」と小さく呟いて珍しく警戒している。

「少し、休憩しないかい？　はい、これはおやつ」

「ありがとうございます。真千さん」

飲み物と都内で人気のドーナッツが箱に入っている。透子は素直に頭を下げた。

真千は人好きのする笑顔で透子に語りかけた。

「今、透子さんはどんなことをしていたの？」

「え、っと……」

「簡単な結界の作成ですよ。――基礎は大事だから。繰り返しているだけだ」

ちらりと和樹を見ると、和樹がすらすらと説明してくれる。親に対する口調というよりどこか事務的だ。

「そろそろ低級の鬼でも捕まえてみたいけどな」

「いきなり実践は難しいだろう。私の式神を貸してあげるよ」

真千は笑って胸元から黒いハンカチを取り出した。

ハンカチがもこもこと音を立てて膨らむ。ぴょん、と黒い兎が姿を現した。

「可愛い……兎、ですか？」

「式神――といってもそこらへんをうろついていた低級霊を従えただけだ。戻ってこなくても構わない」

どうぞ、と促されて透子は兎と見つめあった。鼻をひくひくとさせてつぶらな瞳でこちらを見上げてくる様子は本当にただの兎のようで愛らしい。

「動物と触れ合いの時間じゃないからな」

冷たく和樹に指摘されて透子は我に返った。そうだ、和んでいる場合ではない。

透子は二人と距離をとると、深呼吸をした。指を絡ませるルーティーンをして檻を作る。

素早く兎を閉じ込めると真千は目を細めた。

「素晴らしいな。じゃあ、鏡に閉じ込めることはできる？」

「……できる、と思います」

真千の問いに、透子は頷いた。鏡を構えて。あの時みたいに——。

鬼を、封じた時みたいに……。

透子は鏡を兎に向けた。深呼吸して言葉を紡ぐ。

「あるべき闇へ、還れ——」

透子が鏡を向けると、兎は檻の中で、ハタ、と動きを止めた。兎は金縛りにあったかのように動きを止め、ややあって細かく痙攣する……。

鏡に吸い込むことが出来そうだ、と透子が顔を上げた途端、兎が激しく暴れはじめた。

（ユルサナイっ……！）

「きゃっ！」

（ニンゲン……!!　我ヲトジコメルナド……!!　ユルサナイ!!　マモリヒメ……！）

兎が膨張して大型犬の大きさになって透子に牙を剝き、飛び掛かって来る。咄嗟のことで和樹は体が動かない。鋭い爪に切り裂かれる！　と思った瞬間、脳裏に声が響いた。

（守るから。お母さんが……！　守るからっ！）

バシュ！　と鈍い音がする。

兎の式神、いや、鬼か——透子の力にあてられたのか床の上で伸びていた。

「す、すいません。閉じ込められませんでした」

「いやいや十分だよ、透子さん。さすがは守り姫！　鏡には無理でも動きを押さえていただろう？　初心者でここまでできれば上出来だ」

真千は満面の笑みで拍手している。和樹が慌てて床の間に飾っていた模擬刀を取ると兎に近づいて両断した。痛っ、と小さく呟いた和樹は顔を顰めて手を振る。斬る際に反射的に抵抗した兎に傷つけられたらしい。

「透子！　どうしたんだ！」

声がした方向を見ると、今来たばかりの千尋が蒼ざめてそこにいた。

「ち、千尋くん！　あ、これは鏡に式神を閉じ込めるのに失敗しちゃって」

透子がかいつまんで経緯を説明すると、千尋は沈黙している真千を睨む。

「透子が怪我をしたらどうするつもりだったんだ？」

真千は肩を竦める。和樹が、あーあ、と言う風に父親と異母弟から視線を逸らした。

「いいかい、千尋。修練に危険はつきものなんだよ」

まるで幼い子供に言い聞かせるかのような口調だ。千尋が険しい視線で真千を睨む。

「自分の式神の暴走なんだ。父さんが止めるべきだろう」

真千がため息をつく。

「なぜ、怒るんだ？　守り姫があれくらいでしくじっていてはつとまらないだろう」

「わざとじゃないだろうな？」

「私が、何故？」

「透子の異能を確かめたくて、わざと危ないものを持ってきたんじゃないか？」

千尋は不審の目を父親に向けている。

沈黙にいたたまれなくなった時、和樹が「痛いなあ」とわざとらしく声をあげた。

手を兎に裂かれたのか、指からぼたぼたと血が滴っている。

「和樹さん！……すいません」

透子が駆け寄ると和樹は面倒くさそうに首を振った。

「俺が怪我をしたから、今日は終わりな」

「すいません、私閉じ込めることもできずに。結局、和樹さんに全部やってもらって」

透子の言葉に和樹も真千も妙な顔をした。

「俺はやってないぞ」

「え？」

「鏡に封印はできなかったけど、檻に閉じ込めるのは成功しただろう？　じゃあ、お前の成功でいいんじゃないのか」

透子はでも、と言おうとして黙った。

取り逃した兎の式神は、何かに切り裂かれて倒された。透子は自分で何かをした感覚がなかったのでてっきり和樹の能力だと思ったのだが、違ったらしい。

直前に脳裏に響いたのは……。

あれはお母さんの声だった。お母さんが……守ってくれたんだろうか。

埒もないことを考えていると和樹が腰を上げた。

「じゃあ、俺は千不由に治療して貰いに行くわ」

「私も行こう」

真千も続いた。神坂家の娘千不由は治癒能力がある。和樹も治療してもらうのだろう。

「和樹さん大丈夫かな」

透子が呟くと、千尋は「たぶん」と呟いた。

「和樹の怪我、大したことなさそうだったから……さっきのは俺と父さんを引き離すためにわざと言ったんだと思う」

千尋がはあ、とため息をついて座り込み、透子を見上げた。

「……なんか空気を悪くしてごめん」

確かに、いつも穏やかな千尋にしては珍しく攻撃的な態度だった。

「全然！　あ、でも真千さんはご厚意で式神を貸してくれたんだと思うよ。私が上手くできなかっただけで」

透子が手を振ると、千尋はうん、と呟いた。父親と異母兄が去った方角を見つめる。

「だけど何か……怖くなったんだ」

独り言のように呟いて、ぎゅと唇を嚙む。

「透子が無事な姿に父さんが一瞬……、がっかりしていたように見えたから」


和樹は真千と並んで廊下を歩いていた。

基本的に父親と千尋は不仲で会えばいつもギスギスとした空気になるが、和樹と真千の会話が穏やかというわけでもない。

お互いに事務的な会話しか交わさないのが常で、いうなれば無だろうか。

沈黙が億劫で口を開いたのは和樹だった。

「芦屋を鍛えたいのかもしれないけど、さすがにさっきのはやりすぎじゃねーの？」

和樹の言葉に真千は心外だと言いたげに眉を顰めた。

「低級の鬼をあてがっただけだ。あれくらい守り姫なのだから即座に処理しなくては」

「俺はいいけど、芦屋が怪我でもしたら千瑛も千尋も激怒するだろ」

ははは、と真千は乾いた笑い声をあげた。

不愉快に感じたときの真千のくせだ。本人はばれていないと思っているだろうが、さすがに付き合いの長い――父親に対してそんな風に思う自分が空しいが――和樹にはわかる。

「彼らは大げさだ。命があるんだから構わないだろう」

千瑛はともかく仮にも息子に向かって『彼ら』か。和樹は醒めた気分で父を見た。

「和樹、おまえは守り姫を逃さないよう、見張りなさい。……彼女は忌々しほど芦屋真澄に似ているから、彼女のように神坂から逃げ出すかもしれない」

「……いいけど」

和樹は不承不承頷いた。

その言い方だと、まるで芦屋透子を忌々しいものだと感じているみたいだ。

真千は本家第一主義だし、能力のある人間を好む。もちろん好意を向けるという意味ではない利用できる駒として歓迎するということだ。

あんたは、守り姫を自分の傘下に置きたかったわけじゃないのか？　と聞こうと思ったが、やめた。どうせ真千は本音を話したりはしない。誰にも、だ。

「私は用事を思い出したからここで。千不由さんによろしく伝えてくれ」

へいへい、と別れそうになって、そういえば紫藤新に言いつけられた用事を思い出した。

「父さん」

「なんだ、私は忙し……」

「来月は母さんの命日だけど、あんた来るか」

かぶせるように尋ねると一瞬沈黙があった。

和樹の母親は一般人で身寄りが少なかった。和樹の後見人になった際に紫藤新が母の墓なども世話をしてくれて、律儀に供養をしてくれている。

毎年の法事も、新本人は神道のくせに毎年ひらいてくれる。

真千の表情からとってつけたような笑顔が消え瞳から光が消える。

和樹は何でもない風を装いながら父親の様子を確認した。

――真千はしばらく和樹の顔を見ていたが、すぐに笑顔を張り付けて首を振った。

「私は私で弔う。新さんには花を送ると伝えてくれるかな。いい報告をしたいから、一人で行くつもりだ」

「いい報告？」

その問いには答えずに、真千は踵を返した。

その背中にどうでもいいけどな、と思いつつ嘆息する。

――和樹は真千が若い頃に恋に落ちて「捨てた」女性の子供だというのは神坂では周知の事実だ。だが、真千と母は仲のいい恋人同士で「見ているこちらが幸せになるような」似合いの二人だった、と誰もが口をそろえる。

和樹にとって、それはどうでもいいことだ。二人の仲がどうあれ、結局父は神坂での地位のために母を捨て、母は失意のうちに死んだ。

それなのに母を悼む権力志向の身勝手な男という印象しかない。

さらに言えば愛した恋人の息子であるはずの和樹に、真千は一切無関心だった。

何年前の母の命日だったか、真千は苦笑しつつ言ったことがある。

『おまえを産まなければ、彼女は長生きできただろうか』

和樹は悲しいというよりも呆気にとられたが、隣にいた和樹の後見人の紫藤新は激怒して真千を殴りつけ、ちょっとした騒ぎになったのだ。

和樹はかえって冷静になっておかしかった。その発言で真千への好意が目減りしたということもない。第一印象から「冷たい嫌な親せきの男」だったし、ずっと苦手だった。

己の事しか考えず、過去にしか心がない男。

千尋はその点辛いだろうなと思う。疑い深い自分と違って素直な千尋は小学生のころまでは父母の自分へ向ける愛情を疑っていなかったはずだ。

自分は初めからなかったから別に困らない。――あると錯覚していたものが、奪われる方が、ずっと悲しいだろう。

「……別に千尋がどう感じたって俺には、関係ないけど」

心の中で呟いたつもりが意図せず声に出てしまい、苦々しげな声音に自分でイラつく。

「千尋くんがどうしたの？」

鈴を転がすような声がして振り向くと、着物姿の美少女、千不由が微笑んでいた。

「別に。千不由には関係ない事だろ」

「あら？　好きな人の事は全部知りたいじゃない」

和樹は鼻で笑った。

「自分で聞けよ。──っと、指を怪我したんだけど。お嬢さまが癒してくれたりする？」

「……いやよ、って言ったら？」

「じゃあいい。適当に消毒する」

あの場を離れられたらそれでよかっただけで、実際、傷はそこまで深くはない。和樹があっさり引いたので千不由は面白くなかったのかセーターの裾を引いた。

「葵と楓から聞いたわよ。守り姫の修練を和樹がやっているんですって？」

「千瑛さんから頼まれたからな。それより、あんたまだあの馬鹿な二人を取り巻きにしているのかよ──付き合う相手は選んだ方がいいぜ。あんな奴等ならいない方がマシだ」

「家にいるんだもの。無視できないだけ……透子さんへの嫌がらせも私が何か言ったわけじゃないわ。勝手にやっているんでしょう」

千不由は心外だ、と言いたげに唇を尖らせた。愛らしい表情を和樹は鼻で笑う。指示をしなくとも、雰囲気で「そうせよ」と匂わせる事くらいはしただろう。

自分の手を汚さずにやる分、千不由の方が、たちが悪い。

「透子さんの修練は順調なの？」

和樹は「さあな」ととぼけたが、千不由が服から手を離さないので、舌打ちして口を開いた。気に入りのセーターが伸びるのはごめんだ。

「数か月前まで一般人だった割にやたら、筋がいい。式神とはいえ、この数日で封じ込めることが出来るようになったし……さすがは芦屋真澄の娘ってところじゃないか？」

千不由が、ぱっとセーターから手を離す。

「真面目だし、まあ……春先くらいには戦力になるんじゃゃ……」

「嫌いよ」

和樹は「は？」と間抜けな声を上げて目の前の少女を見た。いきなりすぎて、何を言われたかわからない。

見下ろした千不由は——いつも小憎らしい顔で自信にあふれている女が、目に涙を浮かべて和樹を睨み上げてくるので、和樹は怯む。

嫉妬と恨みに満ちた女の表情は得意ではない。

どうしても千尋の母の、美鶴のことを思い出すからだ。

「千尋くんだけじゃない。あの人も、和樹も……あんな子を褒めるのね？　私の方がいっぱい我慢して、いっぱい大変なのに」

「……知らねえよ。あの人って誰だよ」

手を払うと、ひどく傷ついた顔をした千不由は唇を噛んだ。

「教えてあげない。……和樹も敵よ、大嫌い」

そのまま、千不由は去っていく。おい、と声をかけたが目の前でぴしゃりと障子を閉められて相変わらず面倒くさい奴、とため息をついた。

その一方で、何か妙だなとも思う……。

普段の千不由より、――ずっと思いつめているような。

父も千不由も何かおかしい。おそらく、芦屋透子が本家に来たせいで。

どうしたもんかな、と思う。

和樹はとりあえずスマホを取り出して、千瑛を召喚することに決めた。

「ごめんねー、僕がなかなか帰って来られなくて」

千瑛があづま庵の包みを持ってきてくれたのは和樹が怪我をしてから、翌々日の夜のことだった。

「二人とも元気？　だいふく買って来たからお茶しようか、お茶！」

のほほんとした千瑛の顔を見ると千尋も透子も安心する。

「誰が来たのよ、こんな夜に！」

「無能と余所者二人して夜に騒がないでよ！」

千尋と透子に文句をつけに来たらしい葵と楓は千瑛の顔を見た途端に、おとなしくなった。彼女たちの矛先は、向ける先を確実に選ぶ。本家筋で鬼狩りとしても有能な千瑛には何も言えないのだ。

千瑛は二人を笑顔で手招いた。

「葵ちゃん、楓ちゃん。こっちこっち」

おとなしくやってくる二人に、千瑛は「はい」と包みを渡した。

「僕の好きなだいふく。一緒に食べよ」

「あ、ありがとうございます」

「で、でも私たち、夜だし……」

もごもごと言う二人を、ね？　と有無を言わさず笑顔で居間に誘い「千尋、お茶淹れて
ー」と軽い調子で頼む。

葵と楓と並んで座った透子はいたたまれなさにあさっての方向を向いた。

葵と楓もそれは同じらしく、じっと卓の木目を視線でなぞっている。

「粗茶ですが、どうぞ」

「……うちの実家からの贈り物よ」

茶を出した千尋の言葉にボソっと葵が反論し、千尋は微笑み返した。

「知っている。わざとだよ」

あんまりいい笑顔なので葵と楓は、一瞬それに見惚れて、あわててブンブンと首を振った。

無言でだいふくを食べ、お茶を飲み、千瑛に美味しかった？　と聞かれて、不承不承頷いた。

「美味しかったです」

「ご馳走になりました、千瑛さん」

妙に悔しそうな二人を見送って、透子はずずっとお茶を啜った。

「……さっきの、千尋くん、なに……？」

「俺の笑顔、ゼロ円。深夜のサービスだよ」

真顔で言われたので、ついゴフっ、と透子は咳きこんでしまった。

千瑛がけらけらと笑い、千尋はべ、と舌を出した。

「白井が俺の顔は武器だって褒めてくれるから、有効活用してみた。案外、効果があるもんだな」

「……ち、千尋くんがワルイ顔してる!!」

透子は桜ちゃん！　余計なことを！　と頭で友人を詰った。

変な方向に千尋を育成しないでほしい。

「葵ちゃん達に虐められているんだ？　千尋」

「まーな。でもさすがにおとなしくなるんじゃないか？　和樹はともかく、千瑛にまで釘を刺されたらなんもできないだろ」

だといいね、と千瑛は苦笑した。

「透子ちゃんも、大丈夫？――和樹のスパルタ指導で、根を詰めすぎてないか」

話をふられて透子はぶんぶんと首を振った。

「親切に教えてもらっています。それに出来ることが増えるのは嬉しいです」

透子は千瑛の前で両手の指を絡ませ、息を整えてから透明な檻を作ってみせた。

おお、と千瑛が拍手する。

「さすが……覚えが早いな！　普通はここまでくるのに数年単位かかると思うんだけど」

「そう、なんですか？」

千瑛はひたすら感心している。

「和樹さんが丁寧に教えてくれたからだと思います――」

透子の和樹への第一印象は最悪だった。彼にも透子に悪意があっただろうし。だがなんとなくお互い慣れてきて、悪印象は薄れてきている。

「それに、千尋くんが一緒にいて色々考えてくれるからやりやすいです」

「いや、俺は何も役に立ってない。透子の気が楽になっているならいいけど」

もちろん、千尋が側にいると安心するのはある。神坂家の面々は基本的には透子に懐疑的だし、冷たいから。だがそれだけではなく……

「千尋くんが側にいると、安定して檻が作れる気がするんです。――感覚が、研ぎ澄まされる感じで……こ、こういう感じで」

うまく言語化できなくて手で尖った様子を示すと千尋は首を捻って、千瑛はちょっと考え込んだ。

「星護高校に行ったとき。千尋は透子ちゃんの側にいると霊が見えただろう？」

「あの男の子の霊か……」

霊が見えないはずの千尋は、高校を彷徨う男の子の霊が見えたことがあるし、鬼に傷つけられた女性の思念も見ることが出来た。どちらも透子が側にいてかつ、千尋が透子の身体に触れていた時限定でのことだ。

「特定の誰かと一緒にいると能力が安定することは、あるよ。相性っていうのかな。……ゲームのバッファーみたいな」

「性能向上アイテムみたいな？」

「自分で言うなって感じだけど、みたいな！……だいふくちょっと来てくれる」

「千瑛ってば、だいふくの手が借りたい？」

「そうそう。肉球貸して。透子ちゃんと追いかけっこ、もう一度やってくれる？」

千瑛に請われてだいふくは透子の修練に再度付き合ってくれた。はじめは千尋と距離を取って。次に、千尋が肩に手を置いて。

なんだか恥ずかしいが、そんな場合ではないと邪念を振り払って、準備をして籠を作る。

発動まで平均で十秒はかかっていた「籠」が、念じた二、三秒後には掌から生じて、透子は瞬く間にだいふくを青い透明な檻に閉じ込めることに成功した。

「あっという間にできちゃった……」

「……透子の言う籠ってこういう色をしていたんだな。青く光っている」

透子と千尋が、それぞれ驚いて目を丸くしていると千瑛は、ほほーと妙な感心をした。

「ビンゴ！――理屈はよくわかんないけど。千尋が触れると透子ちゃんの力が安定する。で、千尋は透子ちゃんのそばにいると見える、と」

透子が檻を崩すと、だいふくはくるりとその場で一回転してみせて嬉しそうに二つに分かれた尻尾を振った。

「俺にそういう力はないんだと思っていた」

呆然とつぶやく千尋の頭の上にヒョイ！　とだいふくが乗った。

「千尋は力がないんじゃなくて、眠っているだけだもん、そんなこと出来てあたりまえなんだよ！」

式神は得意そうにヒクヒクと髭を動かして、続けた。

「守り姫は封じるだけじゃなく、解放も得意でしょ？　だから二人は相性がいいんだ」

「どういうことだ？」

「そういうことだよ！」

千尋の言葉にだいぶくが胸を張るが、いまいち要領を得ない。だいぶくもうまく説明できないらしい。千尋は透子から手を離して手を握ったり開いたりを繰り返している。

「透子に触れている間は見える、か。あんまり役に立ちそうにないなあ。いつも透子を触っていたら悪いし」

悪くはないけど心臓には悪い、と透子はちょっと視線を彷徨わせた。

手をつないだり肩に手を置かれたり、千尋は何でもないだろうが――透子はものすごく意識してしまって駄目だ。どきどきしてしまう。たぶん、透子が一方的に。

「……結局、俺ひとりだと何もできないんだよな」

透子の自分勝手な感想はともかく、千尋はバッファーでしかないことに忸怩たる思いがあるようだ。

「そうとも限らないんじゃない？　千尋、手を貸して」

千瑛の言葉に素直に千尋が手を出すと、その手にバングルのようなものをまかれた。よく見れば水晶でできた円環だ。

「――ナニコレ、アヤシイ……」

「あからさまに不審がるなよ。――前に透子ちゃんに『見えなくなる』数珠をあげたことがあるだろ？　それの効能は真逆――霊や鬼が見えない人も身につけていれば『見える』」

千瑛が指を振ると白い烏――千瑛の式神である白波が現れた。

本来、式神は異能がある人間にしか見えない。千尋のような能力がない人間には、術者が式神の波長を調整しないと察知できないのだ。

「……確かに、見える」

「紫藤新君にもらっちゃったからさあ、千尋にあげるよ」

「俺に？」

「僕は見えるからね、貰(もら)ってもしょうがない」

透子はじっと千尋の手首に巻かれた円環を見た。

「千尋は前にバットで鬼を殴っていただろ？　それで鬼にも効いていた。ということはお前の打撃はちゃんと鬼に効く。当たればね」

「……そっか」

「――さすがにバットじゃかっこがつかないから、刀の使い方を教えてあげるよ。僕が」

「千瑛って刀を使えたのか？」

「愚問だね。僕はなんだってできるんだよ！　千尋も小学生のころまでやっていたろ？」

そうなの？　と透子が尋ねると、千尋は「一応」と頷(うなず)いた。

「中学からは野球がやりたくて……っていうのが半分、本家に習いに来るのが嫌で逃げたんだけどな……」

千尋は従兄にぺこりと頭を下げた。

「よろしくお願いします。俺も……、なんか役には立ちたいし、本家に残るからには、誰よりも透子の側にいて、透子を守りたい。守るよ、絶対だ」

千尋は大真面目な顔で腕輪に触れた。

「千尋くん、……ありがとう」

透子が言うと、我に返ったように千尋が咳払いをした。照れている。

「貸してもらうのはいいんだけどさ、紫藤さんって和樹がいるところの人だよな」

「そうそう、僕と仲良しで僕よりちょっぴり年上の新さん。いやあ、紫藤家にそういう腕輪があるとは噂では聞いたことがあったんだけど、まさか実在していたとはね、千尋にぴったりだろ？」

千尋が目を丸くした。

「そんな貴重そうなものをくれるほど、千瑛と仲が良かったっけ？」

「昔から悪くはないよ。だけどこれは僕が無理を言って、ねだったんだ」

「ねだった？」

「鬼狩りの活動がうまくいかない、って言っただろう？　なので、お互い協力しようね、僕は全面的に紫藤家に協力しまーすって伝えたんだ。新さんが感激して、お礼に何かくれるっていうから、もらっちゃった」

「そんな気軽にもらえるのか、これ」

千尋はまじまじとみつめる。

「気軽にじゃないけど、それだけ僕の協力が嬉しいって事でしょ、たぶん」

「鬼狩り、上手くいっていないんですか？」

透子が心配して尋ねると、千瑛は苦笑した。

「うーん、やっぱり僕たちの動向がばれているような気がするんだよねえ。狩りに行っても、もぬけの殻で――どこから見ているのか」

千瑛は頬杖をついてぼやいた。

「……神坂家の誰かから、鬼に情報がばれているんじゃないならいいんだけど、さ」

不穏な呟きは、深夜の居間にやけに大きく響いて、千尋と透子は思わず顔を見合わせた。

「ま、心配しても仕方がない！――透子ちゃんは鬼をノータイムで封じられるように頑張る。千尋は透子ちゃんに何かあった時に守れるように、僕と修練！　それでいいね？」

千瑛に尋ねられて千尋と透子は同じ仕草で、はい、と頷いた。

第三章　表裏

透子は和樹と修練を。千尋は千瑛に刀の使い方を習う。

そんな風に過ごしてからあっという間に一週間が過ぎた。

透子と和樹が式神と追いかけっこをしている間、千尋は毎日千瑛に訓練をさせられて死にそうになっている。二人のそれは剣道と言うよりも居合に近い。防具を使わないし、掛け声もしない。——居合のように型を綺麗にすればいいわけでもないらしい。

「必要なのは実践だからね。声上げて斬りかかってばれてもまずいし、防具に頼って攻撃を受けても駄目。千尋はこれが竹刀じゃなかったら百回は死んでいますぅ」

「……くそ。俺、運動神経いいはずなんだけど」

ぼやく千尋を和樹は横目で見て笑っていた。

「長年さぼったツケだろ。一朝一夕で出来るか、んなもん」

「……和樹さんも、刀を使えるんですか？」

「まーな。紫藤の家で週末は付き合わされる。新さんが厳しいから」

なんなら模擬試合でもするかと言って対峙した千尋と和樹は、和樹が圧勝していた。思いっきり脇腹に竹刀を叩きつけられて涙目で千尋が呻く。

「……おまえ、さっき俺が千瑛に叩かれたところ……重ねて、来ただろっ！」

「ばーか。弱った敵にとどめ刺さなくてどうすんだよ。ハハ、弱いなー！　これからは尊敬を込めて、お兄様って呼べよ」

「誰が呼ぶかっ！　クソ兄貴ッ！」

勝ち誇った和樹に「大人げない……」と透子が呆れた横で千瑛も苦笑している。

「まあ、勘弁してやって。和樹も久々に千尋と長々と遊べて嬉しいんだと思うよ。あいつも素直じゃないから」

それは何となくわかる、と透子も頷いた。

「和樹さんって、千尋くんの事好きですよね」

「まーね。二人きりの兄弟だしね……」

千瑛の声はどこか苦い。和樹と千尋の父親は神坂真千で二人は異母兄弟だ。和樹の母親は亡くなったと聞いている。

――千尋の母親である美鶴は存命だし千尋を気にかけてはいるが――。

透子は正月にちらりと眺めた千尋の「家族」を思い出していた。

若々しくきれいな美鶴。可愛い妹。優しそうな美鶴の再婚相手。遠目から見ても、完璧で幸福そうな家族。

あそこに千尋が加わっても幸せじゃなかったのは、なんとなくわかる。

幸せな誰かの隣で居場所が無いのは、とても辛い。

文武両道で、誰にでも優しい千尋は高校でも人気があるが、そういったもので埋められない寂しさがあるのは透子にも理解できる。

(俺も役に立ちたい)

鬼狩りの能力がなくても。何かの役になんか立たなくたって、透子は千尋が大切だが、たぶん、そういう事じゃないんだろうなと思う。

千尋が自分で納得がいかなければ意味がない。

「刀、使わないときも本家にいるときは持ち歩くようにね」

「……ええ？　なんか怪しい奴じゃないか、それ」

「馬鹿！　なじませるんだよ、自分に」

千瑛の言いつけに千尋が不承不承「はあい」と返事をした。再び稽古を始める二人に、透子もよし、と決意を新たにする。

「私もがんばろ……！」

よし、と決意するとやけに楽しそうな和樹が近づいて来た。

「やる気に満ち溢れているな、芦屋。じゃあ今日は、昨日の倍がんばろうぜ」

「えっ……いや……、そんな急には……」

「遠慮するなよ、俺の親切だぜ」

絶対嘘だ、目が楽しそうだ。透子はありがとうございます、と顔を引き攣らせた。

＊

「この短期間で素晴らしい成果だ――！　さすがは守り姫」

修練場の上座にすわった神坂啓吾は称賛しながら拍手をした。その隣には今日も艶やかな振袖に隙なく身を包んだ千不由がいて、無言で微笑んでいる。

和樹との修練は順調なのかと、神坂啓吾が様子を見に来たのは二月の上旬だった。

神坂の家に、言葉は悪いが「軟禁」されてから、ひと月以上が経過している。

今まで透子の神坂家での生活の一切に興味を持つ風でもなかった啓吾が突然、千不由を伴って現れ「修練の成果を見せてほしい」と切り出した。

透子は和樹の「親切」のおかげでずいぶんと早く鬼を封じることが出来るようになった。

啓吾が連れて来た小さな「鬼」である式神を素早く手鏡に封じ込めると、啓吾はひどく満足げに頷いた。

その隣で千不由はじっと透子を見ている。

「やはり、透子さんを神坂家に留まらせたのはいい判断だったな」

千瑛と和樹の視線が泳ぐ。

「てめえの手柄じゃねえだろ……」

ボソリと和樹が悪態をつき、高速で千瑛に肘を入れられる。

幸い啓吾には聞こえなかったようだ。

実際、透子が神坂の家で世話になったのは和樹と千瑛だ。――衣食住の点では啓吾に世話をしてもらったかもしれないが、星護神社にいても修練はできただろう。

感謝しろ、と言わんばかりの態度に反発を抱いたが啓吾本人は微妙な空気に気付く様子もなく、娘の千不由は感情を窺わせない笑顔でその場をただ眺めている。

「透子さんが守り姫として有望なのはこれでわかったでしょう？」

「もちろんだよ、千瑛」

「じゃあ、いったん星護神社に戻っても？」

千瑛の笑顔での提案に啓吾が一瞬表情を失った。

しかし、すぐに笑顔に戻って首を振る。

「せっかく才能が開花しそうなんだ。ここで普通の生活に戻るのは勿体ない。――守り姫の才能は貴重だ。それを神坂で活かして貰わなければ」

「彼女は高校生ですよ？」

「だからなんだと？　彼女が夏からこちらにきて、金銭的な援助をしたのは我々神坂

「……」

　啓吾の口調にいら立ちが混じる。それを千瑛が遮った。

「一円も！」

　声が大きかったのでその場にいた皆が動きを止め、──千不由でさえ表情を動かす。

　静まり返った修練場で千瑛が続けた。

「援助は頂いていませんよ、啓吾さん」

「……それは」

「啓吾さんからも本家からも、透子さんに関する援助は今まで一切、貰っていませんよ。そういう話があったのは知っていますが」

　そうだったんだ？　と透子は目を丸くした。

「透子さんが星護神社で暮らしはじめてから彼女の実質的な後見人は僕です。啓吾さんは何もしていませんよね？」

「……これから、援助はしようと思っていた」

　言い淀む啓吾を千瑛は穏やかに見返した。

「それはどうも。ただ、この時代に人身売買みたいな話はやめてもらえますか」

「……そのつもりはない」

「ならよかった」

千瑛は安心させるように透子にも視線を向けた。

「皆の平穏な暮らしを守るために鬼狩りの重要性はわかっていますし、透子さんがそれに協力してくれるのはありがたい事だ。けれど、彼女には彼女の暮らしがある。——そもそも彼女は神坂の人間ではない。長期の欠席は進級にも関わってくるし、望ましくない。僕は彼女の保護者に高校を無事に卒業させると約束して星護に誘いました」

千瑛は今度は啓吾に視線を移す。

「なので、そろそろ一度、千尋と透子さんを連れて帰りますね」

啓吾が眉間に皺を寄せた。

「……守り姫は神坂のために尽くすべきだ。それは許可しかねる、と言ったら？」

千瑛はあはは、と明るく笑った。

「じゃあ、僕もずっと本家で透子さんといますよ。何を言われてもね」

「鬼狩りの仕事は……」

「啓吾さんにお任せします」

啓吾はあからさまに頬を引き攣らせた。

どう考えても、お前が行け、という脅しだと透子にもわかる。啓吾はまあいいだろうと咳払いをして誤魔化した。

「佳乃も心配してうるさく言ってきたしな。一度、星護に帰ってよろしい」

「戻ってきても本家から学校に通わせますよ？　進級がそろそろ危ないですからね」

「――勝手にしろ」

言い捨てて、啓吾はそそくさと修練場を出ていった。

「強気なのね、千瑛さん。父を脅すなんて」

一人残された千不由は上座に座ったまま千瑛を眺めた。

「脅してなんていませんよ、千不由さん。そもそも、学生の本分は学業でしょ？」

ふふ、と笑った千不由は無駄のない所作で立ち上がる。

「本分？　私たちに普通の暮らしが必要だとは思わないけど。少なくとも私は、それが不要だと言われて育ったわ」

言い捨てて、去ろうとした千不由は透子を見た。

「あなたはいいわね、芦屋透子さん」

フルネームを呼ばれて、透子はびくりと動きを止めた。

「皆、あなたの味方をしてくれて。――幸せ者だわ」

綺麗な笑顔だったが、何かうすら寒いものを感じて透子は黙って頭を下げた。

神坂の親子がいなくなったので、透子は息を吐く。

啓吾も千不由も微笑んではいるが、いつも何か威圧感を感じる。

「言うじゃん、千瑛……スカッとした！」

　千尋がぱちぱちと手を叩いている。

「大丈夫かよ。あのおっさん、プライドだけは高いからな。嫌がらせされるぞ」

　和樹が肩を竦めた。

「僕に嫌がらせ？　したけりゃどうぞ、だね。……鬼が出没しまくっている状態で僕がストライキして困るのは、啓吾さんだろ」

「ご当主様も外に出て働けばいいんだけどな」

　和樹は啓吾が去った方向を見て鼻で笑った。

「……当主の啓吾さんは、鬼狩りはしないんですか？」

　透子の質問に千瑛はうーん、と唸った。

「啓吾さんも、そこそこ腕のいい鬼狩りだったんだよね、昔は。――十年くらい前、強い鬼に会って大怪我して――それから、外には行きたがらなくなった……。死にかけたから無理もない、と言えば当然なんだけど」

「当主が鬼怖がってどうするんだよ」

「それはそうだけど、まあ彼らは恐ろしいから……」

「彼ら？」

　千瑛はため息をつく。

「啓吾さんを傷つけたのは何百年も生きてきた鬼だった。僕も出来たら衝突は回避したい相手だな……」

鬼には二種類ある。動物や人間の思念が、転じて鬼になった物。鬼狩りの大半が「狩る」のはその類だ。

（人間と同じような姿をして、人間とは違う恐ろしい力をもった存在がいる——）

透子はいつだったか千瑛が説明してくれた「鬼」について思い出していた。透子の担任だった「柴田(しばた)」と名乗っていた鬼も「そう」だ。

人間と見分けがつかない容姿で人間社会に溶け込んでいるが、明らかに異質な能力を持っていて——多くは人間に危害を加えることを楽しんでいる。

「柴田先生みたいな鬼も、……百人くらい日本にいる、んですよね？」

「そ。僕も何回かしか会ったことがないけどね。——明らかに大物に会った時は、命からがら逃げちゃったよね……。本人が鬼だと名乗らなきゃ、全く分からなかったし……星護高校にいた柴田は、たぶん彼らの中じゃ低級だ」

「千瑛さんが会ったのは、どういう感じの鬼だったんですか？」

「大柄で、強面(こわもて)で……格闘家って名乗られたら納得しちゃいそうな感じだったよ。名前は何だったかなー」

「名前？」

「脱兎(だっと)のごとく逃げ出す僕の背中に、覚えておけ、鬼狩りって言われたんだよね。ギオウだったかな。どういう漢字かは知らないけど」

さて、と千瑛が立ち上がった。

「啓吾さんの気が変わらないうちに、一度星護神社に戻ろうか！」

透子と千尋は素直にはい、と頷く。

「和樹も来る？　佳乃さんが鍋でもしよう、って言っていたけど？」

和樹は、いや……と首を振った。

「俺は、千不由の所に行ってくるわ」

「どこか怪我をしたんですか？」

「いや、なんかアイツ最近情緒不安定だからな。ご機嫌伺い。あいつが拗ねると面倒なんだよなあ」

じゃあな、とひらひらと手を振った。

千尋がその背中を見送って、きまり悪げに頭をかいた。

「千不由と和樹、仲は悪いんだけど、よく話はするみたいなんだよな……」

「対等に話せる同年代は、和樹くらいだからね」

千瑛は肩を竦めたが、行こう、と二人を促した。

荷物をまとめるのもそこそこに、星護神社に三人で帰ると懐かしい声が飛び込んできた。

「お帰り！　もう二人とも心配したんだからあっ！」

「ひ、陽菜ちゃん!?　どうしたの!?」

陽菜に勢いよく抱き着かれて透子は思わずバランスを崩した。

「どうしたの、じゃないよっ！　二人とも学校に来なくなって、心配するに決まってんじゃん！　これからずっと来ないんじゃないかって……」

陽菜が涙目になったので透子もつられて目が潤む。千瑛が二人の様子をにこにこと見守っている。

「なーお!!」

どこから出て来たのか、小町がやってきて千尋の足に縋る。抱き上げると千尋は小町の鼻先にキスをした。なおぉ、と長く鳴いた小町の頭を撫で「ごめんな」と囁く。

だいふくも「小町ただいまあ！　会いたかったあ！」と額と額をすり合わせている。

「陽菜ちゃん、心配して毎日来てくれていたんだよね」

千瑛がこっそりと教えてくれる。神坂家では葵と楓に目の敵にされていたので、当たり前にむけられる厚意がひたすら嬉しい。

いつも元気な陽菜の涙が珍しかったのか、千尋もあわあわと狼狽えている。

「泣くことはないだろ……」

「ばか！　連絡くらいはしなさいよっ！　スマホが使えなくても本家の家電からこっそり

電話するとかやり方あるでしょうがっ！」

「ええと、はい。すいません……」

「ごめんなさい、反省しています……」

二人して真面目に謝ると、おかしかったのか陽菜は泣きながらふきだしてしまった。

「三人とも、玄関は寒いし。早よ、中に入りよし」

「私もいますわ！」

佳乃と一緒にひょっこり顔を出したのは、桜(さくら)だった。

「桜ちゃん!?」

「心配しましたのよ！　千尋くんっ！」

陽菜が透子にしたように千尋に抱き着こうとした桜はひょい、と躱(かわ)されて、千尋の背後にいた千瑛に抱き着く形になる。桜は真顔で千瑛から身体(からだ)を離した。

「あら失礼、千瑛様」

「いえいえ」

さっと身をひるがえして、桜はどこからか取り出したハンカチを噛(か)む。

「どうして、どうして避けるの、千尋くんっ！　会えなくて桜は寂しかったのにッ！」

「いや、なんか危険を感じて……」

「酷(ひど)いわっ!!」

じりじりと迫る桜から、千尋が後ろに下がりながら距離を取る。

ヒグマか恐竜から逃げるかのようなその情景に、透子は陽菜と顔を見合わせてたまらずにふきだした。

桜も二人を心配して、陽菜と一緒にたびたび星護神社に様子を窺(うかが)いに来ていてくれたらしい。千瑛から「透子たちが一時的に帰ってくる」と連絡を受けて駆けつけてくれたのだ。

「なんかこの光景見ると、……戻って来たって感じする！」

「本当！」

二人が笑いあっていると、ヒグマ——もとい桜に今度こそ捕獲された千尋が「和んでいないで助けろ！」と悲鳴をあげた。

「はいはい、夜中に騒がない！　皆、はいって、はいって」

じゃれ合っていた高校生四人は、はあい、と元気に返事をした。

千瑛があらかじめ陽菜と桜を呼んでいてくれたらしい。

「今日は鴨(かも)鍋やし」

佳乃が準備してくれた鍋をつついてお腹(なか)いっぱい、となったところで、陽菜と桜が学校の様子を話してくれる。年が明けてから二人が「家の事情」で来ない、と言うのでクラスで色々と噂(うわさ)になっているらしい。

「——恭平(きょうへい)も心配していたよ。野球部の皆も」

千尋は野球部の所属で、楢崎恭平は千尋の一番仲のいい同級生だ。

「……ごめん、って言っといて。家の事情で今すぐは無理だけど、ちゃんと帰るって」

「自分で言いな、ホラ！」

陽菜がスマホを千尋に渡す。千尋は苦笑して楢崎の電話にかけるために部屋を出た。友達同士の話もあるのだろう。

「今日は二人とも泊まっていくんよね？　千瑛さんからはそう聞いているけど」

佳乃が陽菜と桜に尋ねると、二人とも頷いた。

「一か月休んでいたからね。どこまで授業が進んだか共有しとこうと思って！」

「それにせっかく会えたのですもの。神坂本家の事もお聞きしたいわ」

透子は二人の台詞にがっくりと肩を落とした。

「やっぱり進んでいるよねえ」

透子は、学業が苦手ではない――というより数か月前まで友達のいない生活を送っていたので勉強以外、学校ですることがなかったのだ。

進んでしまった教科書の内容を見ながら、あああ、と頭を抱えた。

守り姫の修練をすると言ったのは自分だが、学習の遅れは思ったより深刻な気がする。

「大丈夫ですわ、透子さん！　私も吾妻さんが説明した箇所、全くわかっていないから！

私と一緒よ……！」

「さ、桜ちゃんと一緒。ああ……絶望しかない……」

「なによ……失礼ね……！」

英語以外は最下位付近を悠々と彷徨っている帰国子女の桜の励ましに透子はコタツに突っ伏した。

「本家に戻るときには、教科書一式を持って帰って自習しよう……」

今年度から大半の教科書が学校支給のタブレットにも格納されているのが救いだ。

全部持っていっても置く場所がない。

透子が誓っていると陽菜が口を尖らせた。

「本家に帰るつもりなの？　帰らなくていいじゃん」

「陽菜ちゃん？」

「高校生二人をさ、言い方は悪いかもしれないけどいきなり拉致して。高校にも通わせないのってどうなの？——私、千瑛さんと佳乃さん以外の神坂の人たち、好きじゃない」

陽菜のストレートな物言いに透子は「心配してくれてありがと」と笑った。

「うーん、ちょっとなんかゴタゴタしていて、戻った方がいい雰囲気ではあるんだよね。でも、来週からちゃんと高校には通うと思う……千瑛さんが交渉してくれたし」

「ならいいけど……」

神坂の一族が、鬼狩りをしている、とは陽菜ははっきり知らない。

だが長年千尋の友達をやっているし、星護町は怪異が多いし、色々と勘付いてはいるだろう——踏み込まないでいてくれるが。

桜は文化祭の時に、透子と一緒に鬼の「柴田」に襲われて怪我をした。鬼が何かもすべてわかっている。だが、透子や千尋を慮ってか、桜は文化祭の時に起きた一切を、黙ってくれている。

「心配してくれてありがとう。たぶん本家にもそんなに長くはいないと思う」

千瑛が交渉してくれたから星護神社に戻って来られた。透子も以前よりずっとうまく式神を捕らえる「籠」を作れるようになってきた。たぶん、有無を言わせず本家に閉じ込めるようなことはしないはずだ。

ならいいけど、と呟いた陽菜は、「あ」と声をあげた。

「あ、あとすみれさんもブチ切れていたからね……」

「えっ……す、すみれちゃん!?」

透子と連絡がつかないことをおかしいと思ったすみれも何度も星護神社に来ていたらしい。透子は汗をかきながらスマホを充電すると、鬼のような着信がすみれからある。

「……か、かけなおすのが怖い」

「かけた方がいいと思うよー。千瑛さんに事情を聞きに来た時、私もいたけど。すみれさん、ものすごく迫力があった……」

「うん、方言が出ていて怖かったよー。何を言っているのかよくわかんなかったけど」

すみれは透子と同じく福岡の出身だが地元にいた頃から標準語を喋っていた。怒っているとき以外は——。

「お、怒っていた？」

青くなりながら透子はすみれに電話をかけ、こっぴどく怒られ、挙句に電話口で泣かれて、佳乃に頼んで電話を替わってもらい、なんとかその場を収めた。

半泣きでコタツにうずくまっているとフラフラと千尋が戻って来た。

「長かったね、電話」

「楢崎に電話口でものすごく心配された……」

千尋が苦虫を噛み潰したような表情を浮かべている。

「……愛されているねー、千尋」

「おう……、思い知った」

千尋がはあ、とため息をついた。同じく浮かない顔の透子を見る。

「私もすみれちゃんに泣かれた……」

透子がしおれながら言い、二人そろって苦笑する。

「一時帰宅じゃなくて、ちゃんと戻ってこないとな」

うん、と頷きあって今夜はお開き——となり、女子三人は一階の客間に布団を並べて寝ることにした。

＊

「透子、透子！」

夜半。透子は胸の上に乗ったもふもふ――だいふくの声で目が覚めた。

「……だいふく……？」

透子が寝ぼけた声でいうと、式神は焦ったような、しかし小さな声で囁く。

「鬼だよ」

「――ッ!?」

聞いた事の無いようなだいふくの真剣な声に、透子は跳ね起きた。

「だいふく……？　鬼、って」

口にしてから透子は左右ですやすやと寝ている友人二人のことを思い出して口元に手を当てる。――二人を起こしてはいけない。

「玄関のあたり、鬼がいて。――こっちを窺っているんだ……」

「嘘（うそ）……星護神社に？」

文化祭後、星護神社には鬼の侵入を防ぐ結界を張った、と千瑛が言っていた。だから星護神社は安全なんだ、と──。

「本当だよ、透子信じて……！」

透子は最近いつも枕元においている鏡を手に取る。母、真澄が守り姫として使っていた手鏡。修練で鏡に式神を閉じ込めることを覚えたが、はたして、鬼に通用するだろうか。

「……玄関の方角なのね？」

「うん、気づいた、だいふく、偉い？」

だいふくがエッヘンと胸を張る。

透子は偉いよ、とそっとだいふくの喉を撫で、式神を褒めてから、お願いした。

「……千瑛さんを呼んできてくれる？」

──わかった、と言ってだいふくは忍び足で家の奥に引っ込んでいく。透子は障子をあけて音を立てないように廊下に出る。じりじりと玄関先へ移動した。

いきなり鬼を封じ込めるのは危険だとわかっている。千瑛を待てばいい。だが、千瑛が来るまでの間に鬼が入ってきたら……。

透子は手鏡を握りなおしながら、ごくりと唾を飲み込んだ。

その時は鬼を透子が封じなければならない。だって透子の背後には桜と陽菜がいるのだ。危険な目に遭わせるわけにはいかない。

「──落ちついて。大丈夫、何かあってもすぐに封じ込めることが出来る……」

あんなに修練したのだ。過剰に怖がらなくていい……！

透子は心の中で自分に言い聞かせながら耳を澄ました——落ちついて。

ぺた。と背後から、足音が聞こえた。

びくりと振り返ると欠伸をして目をこすっている桜がいた。

「透子さん？　どうなさったの？　まだ二時よ……」

「桜ちゃん。シーっ……!!」

透子がいないのに気づいて、追ってきてしまったらしい。

透子の注意にも寝ぼけた桜は首をかしげただけだった。

「どうしたの？　そこに誰か……」

桜は最後まで言えなかった。ガシャンっ!!　と大きな音がして玄関の引き戸が派手に破壊されたからだ。

「キャアッ！」

「桜ちゃん、危ないッ！　伏せてッ！」

透子は桜を庇う。玄関を見ると、庭に配置されてあった子供の頭ほどの大きな石が投げ込まれていた。

「何!?　台風ッ!?　冬ですのよっ！」

あたふたとする桜を背中で庇いつつ玄関の向こうに視線をやって、透子は絶句した。

大柄な人間――と呼ぶには、それはあまりにもヒトとかけ離れていた。大きな体躯、体中を覆う剛毛、大きな口から覗く牙……。月明りでもわかるぬらぬらと濡れた赤い瞳。漫画や映画に描かれるような怪物がこちらを見て、笑っている。

『見つけた、見つけたぞ！　小娘――この……守り姫ッ！　この、うらぎりぃいいいいいものおおおお！　あの方を裏切った！　お前も同胞だろうにッ』

それは犬の遠吠えにも似た声だった。遠吠えを終えると、透子と桜に向かって長い爪をぶんぶんと振りまわした。桜が絶叫して転げて、逃げる。

犬に似た声音で人の言葉を操って、鬼は透子を詰っている。

「何を、言っているの？――私は鬼じゃないわ」

透子が疑問を口にした横で、桜が「きゃあああ！」と絶叫した。

鬼の意識が桜に向けられ、鋭い爪が桜めがけて振り下ろされる。

「桜ちゃんっ！」

青くなって叫んだ透子の目の前で桜の身体が一瞬揺らぐ。危ないと思ったが、桜は上手く避けたのか爪が床に刺さったすぐ側で、呆然と鬼を見上げていた。

「こっちよ！」

透子は桜の姿に我に返って構えた。友達を守らなくちゃいけない、私が！

指を絡め、籠を作るのと同じ要領で鬼の身体に透子の力がまとわりつく。月明りを移したかのような淡い光が鬼に纏(まと)わりつく。

『ぐあっ……』

鬼が。月の光が縄になって、鬼を捉える。イメージするんだ、と言い聞かせる。鏡が集めてくれた月の光を編んで。──籠みたいに。

──苦しいのか、鬼が喚(わめ)く。

『あの人が守り姫を殺しに来る！　これは警告だ!!　俺が死んでもギオウがッ……!!』

透子は鬼のわめき声には構わずに手鏡を取り出して力を込めて握りしめ、鏡面に鬼を映した。籠に捕らえた鬼を、今度は鏡の中に閉じ込めるのだ……！

「──あるべき闇へッ、帰れッ」

透子の叫びに抗(あらが)うように『グアアアア！』と鬼が絶叫する。

手鏡がまばゆく輝いて熱くなる。絶叫する鬼がその断末魔ごと吸い込まれて、ガタガタと手の中で抵抗するように手鏡が揺れた。

──その振動が収まると同時に千瑛が蒼白(そうはく)な顔で駆けよって来た。

粉々になった玄関の引き戸、ガラス片に息を呑(の)む。

「透子ちゃんっ！　鬼はどこに……！　怪我は!?」

「……と、閉じ込めまし、た……」

透子が腰を抜かしながら震える手で千瑛に手鏡を見せた。

「……鬼を、ひとりで……？」

「はい、……なんか、たぶん」

千瑛は思わずといった感じで拍手してから、そんな場合じゃなかったなと首を振って震える透子を立たせた。

「すごいな……」

「怪我はないみたいだね、よかった」

安堵する千瑛に微笑みかけてから、透子は視線の先で固まっている桜を見た。

桜の唇が何か言葉を紡ぐ。その横顔はいつものように蒼白で、だが一瞬月明りで瞳が赤く見えた気がして透子は目をこすった。

「……ウのやつ……」

「桜ちゃん、大丈夫？」

透子が名前を呼ぶと、桜はぶんぶんと首を振った。

「こ、怖かったけれど、なんとか。ありがとう、透子さん！　今の、……今のは何？」

物音を聞きつけて千尋が走ってくる。陽菜もだ。

「透子！　白井！」

慌てて起きてきたのだろう、陽菜の髪には寝癖がついたままだ。

「大丈夫か！　透子、白井っ!?」

「怖かったッ」

ちゃっかりと抱き着く桜を千尋がうっ……となりつつも拒否できずにいる。

「どさくさに紛れんな」と陽菜がぽかりと桜の頭を叩いた。

透子が桜を凝視していると、どうかした？　と千瑛に尋ねられた。透子は首を振りながらも、陽菜とわいわい言い合っている桜を見た。その可憐な桜の唇が先ほど不自然に不穏な単語を紡がなかったか。

——ギオウのやつ。

「なんでもないです。なんでも……」

聞き間違いだったろうか、と思う。

誰かの名前のような気がするのだ。

ギオウ……。ギオウ？

それが何だったか思い出す。

つい数時間ほど前に千瑛から聞いた鬼の名前だ。ギオウと桜が知り合いだったら？　思わず名前を呼んでしまったのだったら？

かつて透子は桜を鬼だと疑って、結局、桜は鬼ではないという結論にいたった。なのに、また疑ってしまっている。そんなはずはないのに。だって桜は友達だ。

大切な……。けれど、どうしてこんなに不安になるんだろう。

透子は手鏡を握りしめた。いつでも桜に向けられるように身体が緊張しているのに気付いて、慌てて鏡を持った手を降ろした。

――今、自分は、誰に何を向けようとしていたのか。

透子の視線に気づいた桜が微笑む。

可憐な、いつもと同じはずの桜の微笑みに、なぜだか透子の背筋がゾクリと粟立った。

――その後は皆あまり眠れず、千瑛に警護してもらいながらリビングで夜を過ごす。

翌朝、透子たちはまだ心配そうな桜と陽菜を見送りましたね、と手を振った。

「せっかく来てくれたのに、怖い目に遭わせて本当にごめんね」

「いいけど……。今日は本当に本家に帰るの？」

信じられない、と陽菜が憤慨している。

「うん、そのつもり」

「どうして？」

「確認しなきゃいけないことがあるし。昨夜のことで色々……」

透子はダッフルコートのポケットにしまった手鏡を握りしめた。手鏡の持ち手部分に、チェーンをつけて、肩からかけられる仕様に変えてみた。鏡には封じた鬼が入っているはずなので、今は常に持ち歩けるようにしておきたかった。

透子の硬い表情をみて、仕方ないと言いたげに陽菜はため息をついた。

「早めに帰ってきてよ？　透子も、千尋も……！」

「わかった」

陽菜の父親が迎えに来た車に桜も同乗して帰ろうとする。透子は思わず、叫んだ。

「桜ちゃん！」

「はい、なんでしょう？」

「あの……」

透子は震える声で尋ねた。

「……ぎおう、っていう人、知っている？」

桜はきょとんとして首を傾げた。

「ギオウ？　何かのキャラクター？　芸能人？　それとも高校の方かしら。あまり別の組の方は知らなくて」

――透子はぶんぶんと首を振った。

「なんでもない……ごめんね、変な事を聞いて――」

ばいばい、と手を振ると桜はうん、と微笑んで透子に手を振った。

二人が去った後、透子と千尋は、昨夜鬼に壊された玄関を片付けた。

佳乃はそんなに急いで本家に戻らなくてもと最後まで反対していたが、鬼と遭遇した以上は本家に報告した方がいいだろう。

「星護神社には、霊や鬼が入ってこないようにしているんだけどね」

千瑛はため息をつく。

四方にまじないをしているので、鳥居の内側は神域のはずなのだ。

「しっかし、僕たちが帰って来たのを知って、狙いすましたみたいに来たなあ」

「千瑛を狙ってきたのか？」

「僕はこれまでも頻繁に戻ってきていたから、透子ちゃん狙いって考える方が自然だろう。

——急に戻って来たっていうのに見張られていたのか。誰かから聞いたのか……」

透子は桜の顔を思い浮かべて、ぎくりと肩をこわばらせた。

違うはずだと思いたいが、不安がぬぐい切れない。

「透子、どうした？」

顔色の悪さに気付いた千尋はこちらを窺う。

誤魔化そうとした透子は思い直して、首を振り千尋にだけ聞こえる声で言った。

「……私たちが星護神社にもどってくること、桜ちゃんは知っていたよね」

「白井？　確かにそうだけ……ど」

言いながら、透子の心配に千尋が気づいたらしい。秋の文化祭の時も、透子は同じ疑問を桜に抱いていた。

すなわち、桜は鬼ではないかと。あの時は「違う」という結論に至ったけれど。

「私、また同じ疑問を抱いているの。……気のせいかもしれない。けど、桜ちゃんがギオウ、って呟いた気がして」

「ギオウ……？……千瑛がいつだか会ったっていう鬼か」

うん、と透子は頷いた。

「白井が鬼で、鬼側に俺たちがここに帰ってくるって情報を流した、ってことか？」

「考えすぎかな。……ごめん、ちょっと疑い深くなりすぎているみたい……」

友達を疑う自分に嫌気がさす、と透子がぼやくと、いや、と千尋が首を振った。

「確かに白井が鬼だったら今日の事もしっくりはくる。警戒しすぎてまずい、ってこともないだろ。……俺も、疑いがないわけじゃない……」

「千尋くん？」

「ちょっと、考えをまとめてから……相談する」

透子はそっか、と呟いた。

神域は千瑛が修復したけれどまた鬼が来ないとも限らない。佳乃は麓の娘夫妻の家に帰り、透子たち三人は本家に戻ることになったのだが――。

「お帰りなさい！　透子さん！」

「ねえ、鬼を撃退したんですって。すごいわ！」

車から降りて玄関にはいるなり、着物姿の少女二人。葵と楓に笑顔で出迎えられて、透子はぎょっとして身を引いた。

「星護神社が全壊するほどの強大な鬼だったんでしょう？」

「一人で立ち向かって、鬼の大軍を打倒したって聞いたわ！　ねえ、何体斃したの？」

「……ええ……っ？」

どうやら情報が錯綜している。

調子のいい奴等、と千尋が呆れているが二人はお構いなしに透子に話しかけてくる。急になれなれしい態度になったことにも、彼女たちが話す内容にも透子が困惑していると、静かな足取りで千不由がやって来た。

「透子さん、おかえりなさい」

「千不由さん。ただいま——戻りました」

つい先日家を出た時と変わらない澄ました表情だ。

葵と楓の二人は千不由が姿を現した途端慌てて口を噤んだ。

「父が呼んでいるわ。荷物をおいたら、応接室に来ていただける？　千尋くんも」

「わかりました」

千不由は玄関の三和土に立っている透子を冷たく一瞥した。

「鬼を封じたらしいけど、一匹くらいで勝ち誇らないでね。鬼狩りならそのくらい誰でも出来るわ」

「……はい」

透子が答えると、千不由は足音もたてずに戻っていった。姿勢がいいからかいつも彼女の歩き方は綺麗だ。

彼女の背中が視界から消えると葵と楓がなぜか怒っている。

「──なに、あの言い草！　嫌な感じよね。いつも取り澄ましちゃって！」

「そうよ！　自分は戦わずに治療をしているだけなのに！　嫌な感じ！　守り姫に上から話しかけるなんて。膝をつくべきよね？」

透子は楓と葵の言葉にぎょっとした。

千尋も呆れたように言った。

「……楓と葵は、千不由の友達じゃないのか？　悪く言うなよ」

「あなただって、千不由さんのことは好きじゃないでしょう。あの人いつも冷たいし、本家のお嬢さまだってだけで偉そうなのよ。──治療しかできないくせに」

「透子さんもそう思うでしょう？」

──透子は、千不由をよく知らないし、仲良くしたいとは別段思わないが、秋に鬼に襲われた際に、怪我を治してもらった恩がある。

沈黙した透子の機嫌を窺うように、楓が媚びた笑いをうかべた。

「千不由さんじゃなくて、透子さんが本家の中心になればいいのに」

「本当に！　守り姫だから当然だわ」

調子のいい二人の会話に透子は同意しない。秋に柴田という鬼に襲われたとき、千不由がいなければ、透子の指は切断するところだったと聞いた。それを思い出しながら……けれど二人に反論もできない透子は表情を曇らせた。

「……呼ばれているので、失礼します」

二人の制止を振り切って、部屋に向かう。

部屋で支度をする最中、鏡に映った自分が浮かない顔をしているのに気付いて透子は眉間の皺を押さえた。

別に、千不由に好意を抱いているわけではない。

千尋を呼びつけたりするのは横暴だと思うし、正直、透子に対する冷たい視線も得意ではない。が、二人があんなに掌をかえすのはどうかと思う……。

気重なまま共に呼ばれた千尋と応接室に行く。

啓吾は椅子に座り、その右後方に千不由が、左後方に真千が立っていた。透子は千尋を窺ったが、彼は特に表情を変えなかった。

「おかえり、透子さん」

「……ただいま、戻りました」

「星護神社を襲った鬼を封じたと聞いたよ、素晴らしい！　さすが真澄さんの娘。守り姫だ——そして、鬼はどこに」

　啓吾は透子を満面の笑みで誉めそやした。

「母の手鏡に封じました……その、この前の柴田先生みたいに」

「そうか」

　透子が手鏡をテーブルの上に置くと、満足そうに啓吾は手鏡を受け取った。

「ああ、確かに。少し預かっても？　鏡を浄化しておきたいんだが」

「わかりました」

　封じた鬼をどうするのか、と聞きたかったが透子が尋ねる前に啓吾が口を開く。

「鬼狩りはいつでも人手不足だ。これからも尽力してほしい——いっそのこと、ずっと本家に居たらいい」

　千尋が透子の隣でぎょっとしている。

「高校には、もう通わなくてもいいんじゃないか？」

　千瑛がいないからか、啓吾は好き放題言っている。

「何を言っているんですか。俺たちは高校生だし、そんなこと許されるわけがない」

　千尋が言うと、啓吾は鼻で笑い、おおげさにため息をつく。

「能力のない君にはわからないだろうがね、千尋くん。鬼狩りの任務は片手間にできるものではないんだ」

「和樹だって大学に通っている！」

「やめなさい、千尋。おまえと和樹では事情が違う。透子さんともね」

これには啓吾ではなく真千が反論した。

「何が違うんだよ」

「和樹はあれで優秀な鬼狩りだ。ほんの小さなころからね。——守り姫は唯一無二の者、子供の頃から修練を積んでいない分、すべてを捨てて邁進しなくては。おまえごときが口を出せる話じゃない」

何か言おうとする千尋の手を掴んで止めて、透子はぎゅっと唇を噛んだ。

真千の援護に気をよくしたのか啓吾が薄く笑う。

「真千君の言うとおりだ。——貴重な時間を高校生活なんかに費やすことはない。今すぐにでも高校なんかやめて……」

福岡にいた頃、透子に同じことを言ったのは伯母だった。

透子に高校を辞めて働けと、当然のように未来を狭めて来た。伯母は透子の事が嫌いで嫌がらせで言っただけだ。啓吾のように、鬼狩りという使命が——彼に使命感があると好意的にみるとして——あったわけではない。

けれど、啓吾や真千だって伯母と変わらない。

身勝手に他人をジャッジして、その運命を決めようとしている。透子の事なんかどうだってよくて、ただ利用したいだけだ。

心配して駆けつけてくれた陽菜のことが思い浮かぶ。涙声で透子を電話口で叱っていたすみれの声も。

「――く、暮らしません」

「うん？」

声の小ささゆえに聞き取れなかったのか、啓吾が不審げにこちらを見た。父親の背後にいた千不由も視線だけを動かして透子を見た。

「ここは私の家ではないので。星護神社に帰ります」

言葉少なに宣言して、透子は、ぐっとお腹(なか)に力を籠める。

「高校も退学しません。高校は、絶対卒業すると従姉に約束しましたから。……誰かのために役に立ちたいから鬼狩りに協力はしますが、私は神坂の人間ではないので――どこで暮らすかは、自分で選びます」

啓吾と千瑛の会話を思い出しながら透子は震える声で、しかしきっぱりと宣言した。千瑛の「本家から援助を受けていない」のが本当なら、啓吾に恩はない。

「な……っ」

啓吾は怒りで声をあげ、透子は叱責を覚悟して身を固くした。

――しかし動いたのは啓吾ではなく、背後の千不由だった。彼女は優雅な動きでテーブルに置かれた湯呑を摑む。あまりに自然な仕草だったので透子も千尋も、警戒することもできなかった。

パシャ、と音を立てて頭から茶をかけられた。

「……ッ」

「本家の人間に口答えをしないでちょうだい。身の程知らず」

透子が呆然とした横で、千尋が立ち上がる。

「何するんだよっ！」

「立場を思い知らせてやっただけよ？　何がいけないの？」

千尋は何か言いかけたが、千不由に何か言うのを諦め、透子にハンカチを差し出した。

「透子、熱くないか、火傷は？」

「ううん？　全然熱くないから、大丈夫……！」

ただ、般若のような形相でこちらを見ている千不由が怖い。

張り詰めた空気の最中、啓吾が立ち上がって娘の頬を打った。

「キャッ……お、お父様？」

「何をしているんだ、千不由！　神坂の中心になるべきお前が、守り姫を貶めることは許されないっ」

千不由は衝撃で床にうずくまり、信じられないものを見るかのように父親を見上げたが、唇を噛んで震える声を絞り出した。

「……申し訳、ありませんでした。お父様」

「私にではない、透子さんに謝りなさい」

千不由は答えない。

啓吾の隣で、やれやれ、と真千も肩を竦(すく)めた。

「……千不由さん。いまのはよくない」

千不由がのろのろと顔をあげる。

「身の程知らずというなら――分を弁(わきま)えていないのはあなたのほうですよ」

「……何？」

「本家の娘であっても守り姫を傷つけることは許されない。弁えなさい、千不由さん」

千不由は蒼褪(あおざ)めて唇をわななかせた。

「……ッ……！」

「千不由！　守り姫に謝罪をっ！」

激昂(げきこう)してさらに言いつのる啓吾に、透子は割って入った。

「あ、あの！　やめてください……！　もういいですから、その……」

透子が千不由を抱きおこそうとすると千不由はその手を乱暴にはらった。

「放っておいて！」

「千不由っ」

啓吾が追いかけていく。

二人の背中を見ながら、真千が大げさに肩を竦めた。

「やれやれ、啓吾さんはこどもで苦労するなあ」

あくまで他人事の様子に透子は違和感を覚えた。真千だって息子二人と上手くいっているようにはとても思えない——自覚がないわけではないだろうに。

それに千不由への先ほどの発言はどう考えても暴力だ。

真千は二人をおいかけるつもりなのか、部屋のドアに手をかけてから、思い出したように振り返って透子に微笑みかけた。

すぐ横に息子がいるというのに視界に入っている様子がない。

「透子さん」

「……はい」

「守り姫として、素晴らしい成長で喜ばしいよ。——守り姫の能力が開花したと広く知られたら、全国にいる鬼たちも戦々恐々とするだろうな」

喜んでいるという割には、その目は笑っていない。千尋の父親なのに、透子は真千が苦手だ。なんだか蛇に睨まれたカエルみたいな気持ちになる。

真千が出て行き、静かな音を立てて扉が閉じられた。

応接室に残された千尋と透子は顔を見合わせて、重たくため息をついた。

＊

「仕方ないんじゃないか？——今までお嬢さん、お嬢さんって過剰にチヤホヤされてきたんだ——なのに守り姫があらわれた途端、急に取り巻きどころか父親にまで掌返されたんじゃなあ。はっ！　千不由様ってばオカワイソ」

「……気持ちが全く籠ってないよな？」

「うるせえ……まー、茶をかけたくなる気持ちはわかる」

ところ変わって台所である。

とりあえず服と顔を拭こうと廊下に出たところで和樹に手招きされた二人は、屋敷の広い台所に引きずり込まれた。

どうも飛び出してきた千不由と娘を追う啓吾の様子から、中でおきたことを薄々察していたらしい。和樹はタオルを透子に差し出し、千尋からは事情を聞くと、いつものように皮肉な笑いを浮かべた。

「気持ちがわかるって……あんなの、八つ当たりだろ」

「そうだそうだ！　千不由も和樹もひどい」

だいふくが前脚でちょんちょんと和樹をつついて抗議をした。

「殴るな、猫又！……ったくいい子ちゃんだな、千尋くんは」

「どうせ俺はいい子だよ……。千不由の行動は許せない。きちんと透子に謝るべきだ」

苛立つ千尋を和樹は鼻で笑った。

「やめとけ。お前が出るともっと拗れる。——お気にいりの千尋くんまで奪われて傷ついてんのに……。いいか、俺はモノじゃない、とかそういうお利口な事は言うなよ？」

千尋は沈黙した。

——言おうと思っていたらしい。

「しっかし、啓吾さんもろくな父親じゃねえよな。我らが神坂真千に負けてねえ」

和樹の軽口を否定する気も起きず、透子ははあ、と重い息をついた。

人々を救うために奮闘する正義感に溢れた一族……というのが本家に来る前の神坂家のイメージだった。

けれど本家の人は他人に嫌がらせをしてくるし、かと思えば掌を返すし……。

千瑛のように、鬼を狩って、人々を助けようとする人より、利権や保身を考えている人が多いのかもしれない。

「——腹立ったら、なんかお腹減ってきたな。なんか作ろうぜ」

千尋は言いながら冷蔵庫を勝手に漁りはじめ、和樹は椅子にどかりと座った。

「賛成。お兄ちゃんになんか作れよ、弟」

「はあ？　なんでだよ、手伝えよ、おまえも」

千尋が嫌そうに言うと和樹がべ、と舌を出した。

「無理だろ。俺、食べるのは好きだけど料理つくれないもん。大体コンビニだし……週末は新さんが作ってくれるけどな」

「役立たず……」

「千尋くんだってあんまりお料理、しないでしょ？」

「……うっ」

星護神社での朝ごはんは当番制だが、千尋の担当週は食パンとゆで卵くらいだ。

「和樹よりは作れるって。あ！　卵焼きと刺身がある。手巻き寿司とかできないかな」

「あ、ご飯もあるね？　海苔あるかな。ちりめんじゃこもある！」

ごそごそと千尋と透子は厨房のあちこちを探す。

卵焼き、惣菜、刺身を皿に並べる。ご飯をレンジで温めて適当な器にいれて酢とちりめんじゃこを混ぜる。適当に海苔に載せてくるりと巻けば、簡単な手巻き寿司になった。

「おお。なんとなーく、それっぽくなったんじゃないか？」

「なったなった」

透子と千尋が呑気に喜んでいると、和樹の手が伸びて勝手に食べて「そこそこ」と偉そうに評価している。

「勝手に食うな、っつうの。……佳乃さんがたまに作ってくれるから、あまりもの手巻寿司。結構好きなんだよな」

「美味しいもんね、佳乃さんのお料理。特に和食が美味しくて」

透子の言葉に、千尋も同意した。

「母さんが……」

千尋が言葉を探すようにふと、口にした。

透子と和樹は海苔を巻く手を止める。

彼が母親と上手くいっていないのは周知の事実で、自ら口にするのは珍しい。

「小さい頃は和食をよく作ってくれていたんだけど。再婚相手は和食が苦手で。再婚後は全く作ってくれなくなった。……仕方ないけど……。だから佳乃さんの料理、懐かしい感じがするのかな」

和樹が半眼で千尋を見た。

「マザコン」

「何とでも言えよ」

「……仕方ないいんじゃないのか。おまえがどうこうじゃなくて、……美鶴さんだって真千なんかと結婚したくなかったはずだ。好きな男と再婚できて浮かれていたんだろ」

「かな。……そうだな、母さんも浮かれていたのかもな……」

和樹は言葉こそ嫌みのようだが、千尋を慰めているように聞こえなくもない。

透子は兄弟がぽつぽつと会話するのを邪魔しないようにそっと俯いた。――仲が悪いと思っていた二人だけど、ここ最近は……なんだか普通の兄弟みたいだ。

会話が何往復かしたとき、千尋が言いにくそうにしながら聞いた。

「その、和樹のお母さんの命日もうすぐだろ……父さんも行くのか」

あーと和樹が気のない声を出した。

「親父はいつも来ねえよ。一人で墓参り行くってさ。あいつは俺の母親はともかく、俺にも興味もねえしな」

なんとも言えない表情の千尋に気付かないふりをして和樹は続けた。

「それより、大学の試験がやばい。必修落としたら留年だからな……」

透子は口をはさんだ。

「和樹さんはすみれちゃんと同じ研究室になる予定ですよね？　どんな勉強をしているんですか？」

「情報工学……説明してもわかんないだろ」

「透子、じょうほーこうがくってなあに？」

だいふくは首を傾げ、透子もそれにならう。確かに、よくわからない。

「——ハイ……。すみれちゃんは春から実験とか論文で忙しくなるだろうって言っていましたけど、和樹さんは大丈夫なんですか？」

「俺は来年もまだ学部生だからそこそこ、だな。どうせ大学出たら鬼狩りに専念するし、就職するわけじゃない。大学は楽しくやれたらいいんだけど……」

和樹は和樹なりに大学生活を楽しんでいるようだ。千尋は兄を横目で見て、自分で淹れた茶を飲んでから——、意を決したように言った。

「俺は……大学は、出来たら留学をしたいと思っているんだ」

「へえ？」

和樹は軽く相槌を打った。

「日本にいるとどうしても神坂の中で自分は、って卑屈になるしさ。それが嫌で逃げたかったんだけど。今は……語学も本格的にやってみたいなあ、とか」

「語学だけできてどうすんだよ、役に立たねえぞ、そんなん。まさか、自分探しとか甘っちょろい事いうなよ？」

和樹はちょっと沈黙した。

「……うっ……い、今考え中なんだよ……」

痛いところを突かれたと言わんばかりに千尋が顔を顰め、和樹は鼻で笑った。

「もうちょっとマシな留学理由みつけたら教えろよ」

千尋は「言うんじゃなかった」とふてくされている。

留学か、と透子はこっそりとため息をついた。

千尋が海外に興味があることを透子は知っていたけれど、改めて聞いて、本当に行くつもりなんだな、と寂しく思う。

高校を出たら、透子も大学進学するか否かは別にして星護神社を出るかもしれない。そうしたら今みたいに親しく話したりはできなくなる……。

千尋は手巻き寿司を口にしながら和樹に聞いた。

「和樹は千不由の事を悪く言わないんだな」

和樹は肩を竦めた。

「今の状況には、正直同情はしている。……同い年だしな。あいつの性格の悪さはかえって気楽でいいぜ。悪意しかないから腹の探り合いしなくて済む」

和樹は椅子の背もたれに身体を預けた。天井を見つめながら言う。

「同情はするけどな——千不由には気を付けておけよ。……何かあいつ、最近変だ。おまえも芦屋透子もあいつとは二人きりになるな。ここはあいつの家だし、……どんな嫌がらせされるかわかったもんじゃねえ」

＊

本家に戻ってきてから一週間は何事もなく過ぎた。

避けられているのかあまり顔を合わせはしないが、遠目で窺う限り千不由も表面上はいつもどおりのようだ。

葵と楓は透子を見つけると笑顔で駆けよってきては「透子さん！」とつきまとうので、うんざりしてしまう。

大抵は逃れることが出来るのだが、その日は、捕まってしまった。お茶をしましょう、と座敷に連れ込まれることになってしまった。

透子は逃げたかったのだが、だいふくが葵の腕の中に捕まっていては見捨てるわけにはいかない。

「だいふくっ……」

だいふくは、申し訳なさそうに、うにゃあんと嘆いた。

「ごめん、透子ぉ！　たすけてえ」

もがくだいふくを葵は面白そうに弄んでいる。

「あの、私、今日は部屋でゆっくり読書をしたくて……」

「――そんなに邪険にしなくてもいいじゃない？」

「そうそう、私たちお友達でしょー？」

「違います……！」

透子が真面目に否定すると葵と楓はくすくすと笑った。

「案外はっきりしているのね、透子さん」

「おもしろーい」

めげない二人は愉快そうに手を叩くが、透子はちっとも面白くない。そうこうしている間に楓と葵はさっさとお茶をいれて茶菓子を用意してくれた。こうなっては仕方ない、と透子は座布団の上に座った。

「お友達よ？　だって私たちみんな被害者じゃない」

「被害者？」

透子が首を傾げると葵が茶菓子を口にほうりこんだ。

「神坂の家に縛り付けられている、被害者！」

意外な台詞に透子は驚いて目を見開いた。

楓がふふふ、と楽しそうに笑う。

「――たまにはおしゃべりしましょうよ。私たちの事、どうせ和樹君あたりから聞いているでしょ？」

透子はええっと、と和樹の説明を思い出した。

「二人ともご両親が啓吾さんと親しいから本家に来た……って話ですか？」

「親しい、か。和樹さんったら性格悪い割に、案外優しい表現するんだ、意外！　私たちがここに来たのはね、病弱でお外に出られない千不由お嬢さまの為（ため）なの」

「千不由さんは体が弱くて大学に行けなくて。——だけど友達がいないのは寂しいから同じ年頃の女の子に本家にきてほしいって啓吾さんに頼んだのよ。それで啓吾さんが一族中に命じたの。年頃の娘を千不由のために差し出せ、ってね」

葵が楓に目で合図して、楓が口を開く。

「神坂の本家が何社も会社を経営しているのは聞いた？」

「はい、千瑛さんから」

「私たちの実家も本家ほどではないけど、会社の経営をしていて——本家の支援をうけるのは、しょっちゅう。だから私は親から言い含められて、本家で千不由さんのご機嫌をとっているの。本当は今の高校じゃなくて、別の学校に通いたかったんだけど仕方ないよね、親を困らせるわけにもいかないし」

「私も。——親に頼まれていなければ、好き好んで本家にはいないわ。休日、千不由さんの許可が無ければ、外出もできないのよ。自分が外に出られないからって、八つ当たりよ」

透子が黙って聞いているのをいいことに、二人は不満をあれこれとぶちまけていく。

「……千不由さんは、二人の、友達じゃないんですか？」

二人は肩を竦めた。

「友達じゃないわ。千不由さんはね、私たちみたいな子が嫌いなの」

「友達候補だって私たちを集めたくせに、不満を言うの。葵も楓も親に媚びてばかりでつまらない、あんな子たちは要らない、って上から目線で馬鹿にしてくるのよ。失礼よね
――そもそも対等な立場じゃないし、仲良くなりようがないでしょ？　秘密ばかりだし」

「秘密？」

「そう。たとえばね、――本家の奥に蔵があるでしょう？　白壁の古い蔵」

そういえばそんなものがあった気がする。

「神坂本家の人間しか入れない蔵！　そこにはすごーく高価な調度品や骨とう品が保管されているんですって。一度も私たちには見せようともしてくれないの」

「『あなた達が見てもなにもわからないわ』ですって」

「だから、透子さんが本家で力を持ってくれるのは大歓迎なの」

「千不由さんに権力がなくなって、啓吾さんが千不由さんを重要視しなくなれば……私たちも家に帰れるかもしれないわ」

葵の意見もわかるが、だからってその言い方はないだろう。葵は冷たく言った。

「千不由さんも可哀そうよね。溺愛してくれていたお父様にも掌返されて」

どこまでも他人事な台詞に、さすがに透子もカチンときた。

「やっぱり私は、千不由さんとも葵さん達とも友達じゃないです。なるつもりもないです」

透子の突き放した物言いに、二人が鼻白む。

「千不由さんに調子よく媚びていたのは、私たちだけじゃないわ。そんなに軽蔑しないでよ。あなたの大好きな千尋だって同じことをしていたんだし――」

「千尋くん？」

思わぬ名前が出てきて透子が困惑すると、葵と楓はよく似た顔で意地悪そうに笑った。

「千不由さんはね、顔もよくて優しい千尋くんが大のお気に入りなの。――あんなに嫌がられているのにね。だけど千尋くんだって嫌だって言いながら、お父様に逆らえなくて、千不由さんのご機嫌を取りに本家に来てたじゃない？」

「私たちとどこが違うのよ」

千尋は千不由の権威を笠に着て誰かに嫌がらせをすることもなかった、二人とは違う。

そう言いかけたが、透子は思いとどまった。

千尋が千不由の機嫌を取っていたかどうか、を透子はよく知らない。ならば千尋くんは違う、と葵たちに言うのも気が引ける。

「……千尋くんが千不由さんをどう思っているのかは、私にはわかりません。葵さんと楓さんが言いたいことがあるのなら、直接、千不由さんに言ってください」

透子が言い切った時、カタン、と音がした。

襖（ふすま）をあけて廊下を覗（のぞ）くと突き当りで翻る袖が見える。あれは千不由の着物だ。

透子と一緒に廊下を覗いた葵と楓は「やば」と口元を押さえた。――透子は何事か言っている葵と楓を無視して、千不由を追った。

途中まで追いかけたが、拒絶するかのような千不由の背中しか見えない。そのまま、彼女の家族だけが住むエリアへ駆けこんで行ってしまう。――タタタ、となおもだいぶ千不由を追いかけたがしばらくしてしょんぼりと戻って来た。

「千不由……泣いていたよ」

「……そっか」

透子は足を止める。ただ、千不由が去っていった方角を見る事しかできなかった。

＊

『友達じゃないわ』

神坂千不由は足早に本家の奥へ向かっていた。

本家の奥は当主の啓吾一家にだけ許されたプライベートな空間で、一族の者でも足を踏み入れることが出来ない。

だから、一人になることが出来る。

千不由が『友達が欲しい』と啓吾に頼んだのは本当のことだ。

昔から父の啓吾は千不由を家の外には出したがらなかった。千不由の治癒能力は稀有なもので千不由は病弱だから、外に出て何かあったら危ない、家に居なさいときつく言いつけられた。

通ったのは中学校まで。それも送り迎えは家の者がして、仲良くなった子と遊ぶことなんか許されなかった。高校は受かっていたのに進学は許されず、通信制で単位だけ取り、家庭教師が毎日本家に来た……。だから言ったのだ、

せめて友達が欲しい。世界を広げてみたい——

『友達候補だって私たちを集めたくせに、不満を言うの。葵も楓も親に媚びてばかりでつまらない、あんな子たちは要らない、って』

「閉じ込めようなんて思っていなかったわ！」

千不由は葵の言葉を思い出しつつ否定した。

神坂の家の事は理解しているし、我慢もしている。

だけど同じ年頃の友達を作りにたまにでいいから外に出たい……そう訴えた千不由に啓

吾は葵と楓を連れてきて笑顔で言ったのだ。

『友達は連れてきてやっただろう。これで外に行かなくてもいい……』

二人とも、家業のためにいやいや連れて来られたのがまるわかりで、千不由はちっとも好きになれない。違うのに。

千不由は外に行きたかったのだ。そこで誰かと触れ合いたかった。

無理やり閉じ込めて……、こちらを向かせたかったわけじゃない。

「馬鹿にしてきたのはそっちが先じゃない！　葵も楓も大嫌い——治療しかできないって、私の事をいつも馬鹿にして……」

千不由は足早に廊下を歩いた。

葵と楓のいうことは正しい。千不由には鬼を狩る能力はない。

「皆、勝手なことばかり！　私を利用するだけ利用して……！」

今まで千不由だって家のために……鬼狩りのために尽くしてきた。

治癒術は体力や健康を奪う。大きな怪我を治療した後は数日寝込むことも珍しくない。

けれど本当の意味で、千不由に感謝する鬼狩りは少ない。

安全な所にいて、すべてが終わった後に簡単に事を為すと思われている。鬼狩りの間では千不由は権力を笠に着て後方で楽ばかりしている嫌な女だと思われているに違いない……。

啓吾と一緒になって千不由をあざ笑った真千の声が脳裏によみがえる。

『弁えなさい』

馬鹿にしたような口調。おまえなんか鬼も狩れないくせに、と。いつもいつも真千は侮蔑の視線を千不由に向けてくる。大嫌いだ。

「千不由なんて名前は嫌い」

千不由は呻いた。

――この家以外に、由はないという意味で名付けられた名前のように思えるから。

本家の奥には、白壁の古い蔵がある。

いつも帯の中に入れている鍵を取り出して重い戸を開け、暗闇に足を忍ばせる。

親に生き方を強要されるのも仕方ないと思っていた。だって自分は神坂の娘だ。鬼狩りの娘。一般人とは違う異能があって、多くのものを享受している。だから、多少の我慢はしかたがない。

真逆の立場なのに自分と同じように苦しんでいる千尋のことを、千不由は好ましく思っていた。

千尋は文武両道で恵まれた容姿も持っているけれど、神坂の名を持つ者には何よりも重要な鬼狩りの異能がない。だから神坂では「無価値」だ。

神坂で疎まれながらも、父親の真千に命じられれば耐えて、従うしかない。

「……千尋くんは私に媚びたり、何かを期待したり求めたりしなかったわ」

嫌われているのは知っていたけれど、不幸で可哀そうな千尋が自分の側にいて、一緒に不幸でいてくれるのは心が慰められた。だから一緒にいてほしかった。

嫌だろうに、耐える姿が面白くて自分に似ていて滑稽で、気まぐれに呼び出した。苦しむ千尋を見るのが好きだった。父親に道具のように扱われる千尋、母親から都合よく扱われる千尋……。あなたは私と同じ、きっとずっと不幸なまま。

――どんなに嫌でも、千尋は優しいから千不由を拒否できない。否定しない。

――ほんの少し前までは！

千不由は透子の顔を思い出して首を振った。

「あの子、芦屋透子。……なによ、守り姫だなんて。今まで何も義務を果たしていなかったのに、急に現れて……許さない、そんなの……ぜったいに、許さないんだから」

鍵だけではなく神坂の者が血を示さなければこの蔵の中には入り込めない。

千不由はぎゅっと唇を噛んで指先を傷つけて、血を垂らすと、その血に反応して現れた扉を開いた。

本来、ないはずの空間に、その部屋は現れる――。

頑丈な格子に囲まれた目的の「その人」を見つけると、千不由は頬を歪めた。

美しい黒髪に白装束の女は現れた千不由に気付くと悲しげに目を伏せた。

「あの子のせいよ！」

頑丈な木の格子で囲まれた部屋……、いや檻の中に彼女がいた。

木の格子に手をかけて叫ぶ千不由から目を背け、ただ一点を見つめている彼女になおも語り掛けた。

「ねえ、何とか言いなさいよ。あなたのせいでもあるでしょう？」

何もない部屋の中心に座っている彼女は檻の奥、視線よりも高いところに祀られた何かを見ている。漆塗りの長方形の黒い箱は特殊な文字が書かれた紙がすべての面に貼られている。置かれた棚は注連縄で厳重に封印が施されていた。

「あの子が来てから、ずっと嫌な事ばっかり！　千尋くんは私を拒否するし、神坂からどこかに逃げようとしている……！　お父さまだって、あの子に守り姫の能力があるって確信した途端……私なんかより、あの子を大事にする！……葵と楓だって……あの子たちは私のモノなのに……芦屋透子と友達になるんですって！」

女は答えない。

ダンッと格子を殴りつけて千不由はその場で崩れ落ちた。

「なんとか、言いなさいよっ……！　せめてあなたくらいは私を見てよ、真澄ッ……！」

千不由は、格子の向こう側に囚われた女性――芦屋真澄に向かって叫んだ。

第四章　虜囚

『千不由。奥の蔵には決して足を踏み入れてはいけないよ――』

子供の頃、千不由は父に口酸っぱく言い聞かされていた。

父と母、それから父に子供の頃から仕えているばあや。

本家の一画に、三人はひっそりと暮らしている。その場所はいつも暗い。

神坂の人々は本家の私的な場所に足を踏み入れるのを許されてはいない。結界を張るのに長けた父の啓吾が神経質に術を施しているから、軽い気持ちで足を踏み入れた人間はすぐに見つかりひどく叱責されるのが常だ。時折訪れるのは父の従弟である真千くらい。

その中心にある蔵も、ひどく……酷く、暗い。

『あんな蔵、壊したらいいのに。なんだか怖い……』

小さい頃ばあやにそう漏らしたことがある。ばあやは怖い顔で千不由に言い含めた。

『なんてことを言うのですか、千不由様！――蔵には、神坂の大事な大事な宝を祀っているんです。だから、決して本家以外の人間を招き入れてはだめですよ』

『そうなの？』

『ええ。守り姫が、私たちの大事な――を守っているんです』

守り姫。

どきりとしながら千不由はその名称を口の中で繰り返した。

その名を知らない神坂の者などいない。

それは、神坂の家に、稀に生まれる能力者。鬼を斃すだけではなく、生かしたまま封じ続けることが出来る女性……。じゃあ、蔵にいるのは鬼なんだろうか？　と直感的に思う。

そんなはずはない、と打ち消すが、千不由は蔵にあるものが、みんなが誉めそやすような宝にはどうしても思えない。

だって、蔵の中からは、もっと邪悪で、恐ろしい気配がするんだもの。

鬼、鬼、鬼。

斃すべきはずの鬼。それをどうして、神坂本家が「祀って」いるんだろう。

父におそるおそる聞いてみれば今までにみたことがないような恐ろしい顔で『二度と言うな』と叱責された。

それでも、どうしても知りたくて、蔵にこっそり入った幼い千不由は、愕然とした。

――そこには何もなかったからだ。

がらんとした蔵。鬼どころか、宝もない。

『……なんだ。何もないんだ。ここには、何も、なかったんだ――』

自分を安心させるように千不由は呟いた。見たことがない蔵に恐ろしい妄想をしていたことが恥ずかしくなる。

勝手に蔵に入ったことがばれたらきっと両親に叱られる。早く出なくちゃ、と思って小走りに暗い蔵の中を走った千不由は古い床板に躓いた。

派手にこけて、床から出ていた釘で手を怪我して、掌からぼたぼたと血が滴る。

――扉が。そこにはなかったはずの扉が現れたのは、千不由の血と、蔵に施されていた術が反応したからだ。誘われるがまま扉に手をかけて――その部屋にたどり着く。

『誰……？』

『……あなた、どうしてここへ来たの……？　早く戻りなさい』

千不由をみとめてその人は蒼褪めて首を振る。日光を忘れたような白い肌に、黒髪。

そこにいた人物こそ――芦屋真澄だった。

だが十歳になったある日、真澄があそこにいた事情を話してくれた。

――父は蔵に迷い込んだ千不由に気付くと激怒して二度と近づくなと厳命した。

『真澄は守り姫として、本家の当主が築いた結界の中で、神坂家の宝を守っている』……のだと。

だから邪魔をしてはいけない、彼女に近づいてはいけない。

そう言い含められていたけれど、それは嘘(うそ)だと感じていた。守り姫と言って尊重すべき人を、閉じ込めて、見張っているのはどうして？　真澄が悲しい顔をしているのはどうして――。

知りたいと思うと、もう、止まらなかった。だから、啓吾の留守中、千不由は真澄の所へたびたび訪れることになる。

だって真澄は優しかった。

父にはいつも叱られること。どんなに身体(からだ)がきつくても鬼狩りの怪我(けが)を治療する役目は休むことを許されないこと。学校に行っても、仲のいい友達を作ってはだめな事。

千不由の「悲しい事」全部に同情してくれた。

格子の向こうから手を伸ばして「可哀(かわい)そうな千不由ちゃん」と頭を撫(な)でてくれた。

真澄には娘がいて、もう二度と会えないのだということも教えてくれた。

娘は遠くにいて母親を捜そうとはしていないらしい。そのことがどれだけ千不由を安堵(あんど)させたか。真澄の娘は遠くにいて、母親には執着せず、そして鬼狩りの事なんかぜんぜん知らない。――真澄が大切に思っている、「二度と会えない透子(とうこ)ちゃん」。

透子がいないままなら、真澄はいつか千不由を自分の娘のように思ってくれるかもしれない。だからずっと――遠くにいてほしい。

いてくれたら、よかったのに。

＊

格子の向こう、出会った頃とまるで変わらない容姿の真澄は、苦しげに声を振り絞った。

「お願い、千不由ちゃん。娘を、透子を巻き込まないで……あの子は関係ない」

アハ！　と千不由は笑った。

「──やっぱり、そう！」

「千不由ちゃん……？」

「ほら、真澄だって透子が……守り姫が現れたら、私の事は視界にもいれてくれないんだ。そうよね、貴方(あなた)を閉じ込めている神坂家当主の娘だもの。ねえ、言ってよ。私のことも嫌いだって。当主の目を気にして仕方なく優しくしていたって、白状しなさいよ！」

「違うわ。ここにいるのは、私の意思よ……守り姫として鬼を封じるのが役目だから……恨んでなんかいない」

「嘘ばっかり！」

「千不由ちゃん……」

気づかわしげな口調がかえって癇(かん)に障る。

いつの間にか滲(にじ)んでいた涙を、千不由は乱暴に拭った。

「――いいのよ、真澄。あなたの気持ちはわかるわ。だって娘がこんなに近くに居るんだもの。会いたいよね。いいわ、私が会わせてあげる……」

啓吾の部屋から盗んできたカギで格子の扉を開けると、千不由は中へ押し入った。

「千不由ちゃん……？」

真澄が困惑したように千不由を見あげる。千不由は真澄が向かい合っていた祭壇を睨んで数秒動きを止めると、フラフラと近づいた。

「あなたの役目を終わらせてあげる。感謝してちょうだい。本当に……馬鹿みたいよね。神坂の家宝だなんて、ひどい嘘をついて、みんなを騙して――こんな邪悪なものが本家にあるなんて、誰も思いもしないわ」

――ソレが邪悪だと千不由に教えてくれたのは一人の男だった。

狐みたいな細い目をした、和服の男。はじめは一族のだれかだと思っていた。あまりにも堂々と家になじんでいたから。だが、次第に違うとわかったのは「彼が」千不由以外には見えず、千不由が一人でいるときにしか姿を現さなかったからだ。

あるとき、彼は一人で泣いている千不由の前に現れて、そっと教えてくれた。

神坂の家がなんなのか。

何を、隠してきたのか、を。

「私は――！　もう、守ったりしない。こんなものっ！　こんな家っ！」

千不由の意図に気付いた真澄が慌てて千不由に近づいて取りすがった。

「――それは駄目よ、千不由ちゃん！　皆が困る」

千不由は真澄を振り払って突き飛ばした。

「皆なんて知らない。もう、どうだっていいんだからッ……！」

胸元から出した短刀で、千不由は祭壇の注連縄を斬った。祭壇には漆塗りの木箱が祀られている。その中に大切に保管されているのは――

「それは駄目ッ……！　千不由ッ……！　それは、神坂の家宝で……」

「嘘ばっかり！　家宝じゃないことは知っているのよ。お父様も真千さんも私を馬鹿にして、私の前でも平気で話をしていたし、『彼』も教えてくれたからっ！　保管されていたのは、家宝じゃなくて、大昔の鬼の心臓なんでしょう？　ねえ、答えてよ。真澄！　どうしてそんなものがこの家に封じられているの？　ねえ！――あなたができないなら、私が壊してあげる！　そのくらい、私にだって出来る――」

「千不由！　よしなさい！　それは駄目……ッ」

「嫌よっ！」

千不由が箱に手を伸ばすのと、真澄が千不由を阻止しようとするのは同時だった。もつれた二人の手の間、箱が床に落ちる。

千不由が床に落ちた箱に手を伸ばし、木箱に貼られた呪符に触れた瞬間――

パシィン！　と。

屋敷中に響き渡るような大きな音がして、同時に稲光が空に轟く。

凄まじい音と共に、閃光が蔵に落ちて、神坂本家は阿鼻叫喚となった。

千不由を追いかけていた透子は、啓吾一家のプライベートエリア、その入口で、足を止めていた。透子や他の面々が暮らしている棟とはすこし離れた所、渡り廊下の向こうにあるのが啓吾や千不由たちだけが住んでいる「家」だ。

『ここから先は啓吾の許可なく近づいてはならない』と透子は言い含められていた。

たぶん千不由はあの家にいるだろうが――訪問するのを透子は躊躇っている。

葵と楓の会話は、千不由と透子を比較して千不由をこきおろすような内容だった。無理に会いに行っても、千不由は嫌がって会ってくれないかもしれない……。

「今日は諦めて、部屋に帰った方がいいのかな」

透子はぽつりと呟いた。

「透子！」

「千尋くん？」

名前を呼ばれて振り返ると、千尋がいた。

「透子がなんか思いつめた顔をして走り回っていたって聞いたから。どうした？」

透子は口ごもったが、隠せることでもないので千尋に全部を話した。

聞き終えた千尋は、はあっとため息をついた。

「楓も葵も性格が悪いよな……千不由も大概だけど」

「このまえの啓吾さんとのいざこざもあったし。うまく言えないんだけど、千不由さん、ここ数日……思いつめた感じがしていて。一人にしたらいけない気がするんだ」

透子は千不由がいるだろう方向に視線を送る。

——その時。

パシィン——ッ!!

「キャッ……」

「うわっ……」

何重にも巻かれたゴムが弾けるときのような、しかしその何十倍もの大きな音がしたと同時に静電気のような衝撃が走って透子と千尋は思わずその場にしゃがみ込む。

「——なんだ、今のッ」

周囲を見渡した二人は、周囲を覆う眩しさに目を瞑った。

雷鳴と共に鋭い閃光が神坂の家めがけて落ちてくるのが窓から見える。

落雷と同時に地響きのような凄まじい音がして二人が立つ地面が誇張ではなく「揺れた」。たまらずに透子は倒れそうになり、千尋が咄嗟に抱きとめる。

しばらくすると、家のあちこちから神坂の人々の声が聞こえてきた。透子と千尋は声のする方向に進んで、屋外に出た。

「雷だッ！　落ちたぞ!!」

「どこに……！　ああ、蔵だッ……蔵だ。燃えている……」

蔵の方向に視線をやると、雷が落ちたのか、もうもうと煙がでている。

「……蔵が、燃えている……」

困惑したように千尋が口にした。視線の先、蔵がもうもうと煙を立てている。

千尋は眉根を寄せた。

「蔵には神坂の家宝があったはずだ、たぶん。誰か……啓吾さんか父さんに知らせよう」

「家宝？」

そんなものが消失しては一大事だ。二人して啓吾か真千を呼んで来ようとしていると、背後から声をかけられた。

「啓吾さんも真千さんも今夜はいませんよ、お二人さん」

「……え？」

声をかけられて、二人は思わず足を止めた。振り返ると、和服の男性がそこにいた。着こなしに隙が無い様子からすると、神坂の人だろうか？　それにしては、今まで見たことがないように思うが……。

それに、神坂の人にしては建物が燃えているというのに意に介さず飄々とした様子が奇異に感じる。閉じられたままのような細い目と、白い顔のせいだろうか。

なんだか狐を連想させる人だ。

「そうだな、電話……！　じゃあ、その……消防車を呼ばなきゃ」

「二人が不在？」

スマホを千尋が取り出すと、青年は笑った。

「余計な事はしないでもらいたいなあ――」

「熱ッ……！」

千尋が叫んでスマホを落とす。黒煙が端末から吹き上がった。

「あの忌々しい蔵は、全て灰になってもらわなくては困るので」

忌々しい？　と聞き返しながら男を見た透子の肌がさっと粟立った。

男は薄く笑みを佩いて、目を開いていた。

その瞳の色は人間ではありえない、赤――。

「……鬼？　なんで本家に鬼がッ」

千尋が叫びながら透子を背中に庇う。

男はせせら笑いながら、ゆっくりと間合いを詰めて来た。

「――いやはや、人間のフリをするのは骨が折れた」

透子が警戒をしながら繰り返すと男は笑った。

「ああ、こちらの話ですよ。どうか、お気になさらず、守り姫」

呼ばれてぞっとした。

人ならざるモノに自分のことを把握されているのはひどく恐ろしい。

ふはは、と鬼は足取りも軽く近づいてくる。

「しかし、いーい、気分だ！　はっはあ！　こんなに愉快なのは何百年ぶりだろうか！

あの愚かな小娘のおかげで結界が解けた！」

「小娘、結界？」

千尋が不安げに繰り返す。

緊張からか、その頬を汗がつたっている。

「ああ、はやく我が君を迎えて——！　胸が躍る。ああ、ああ、そうだった。そうっ、だった。容れ物の用意もしなければッ！」

言いながら男の目が千尋を捕らえる。

「わけわかんないことを言うな」

ギリ、と千尋が男を睨んで、構える。透子はそこではじめて千尋が刀を持っていたことに気付いた。家にいる間は持ち歩け、と千瑛に言われていたのだ。

「はは！　可愛いおもちゃだが。斬れるのかな、おぼっちゃま」

小馬鹿にしたように男が右手を構えて指の関節をボキボキと鳴らす。

「斬れるよ。俺、運動神経はいいんで！」

男が音もなく飛んで、千尋が慌てて避ける。

千尋がバランスを崩しながらも迷うことなく刀で男の足元を薙ぐと、男は笑いながら後方にはねた。

「おお、怖い怖い……いきのいい少年だな！」

「ち、千尋くんっ」

「透子、大丈夫か！」

千尋は透子を引き寄せた。

千尋がいた場所は、男が手で撫でただけなのに、刃物で切りつけたかのように抉られている。透子はぞっとした。

「秋華、遊ぶな」

低い声が頭上から降ってきて、二人は空を見上げた。

見事な体軀の青年がこちらを見下ろしている――。一見すると格闘家のようだが、そうでないことはわかる。彼は燃え盛る蔵のすぐそばの屋根の上にいて、二人を見下ろす目が煌々と光っていたからだ。赤い瞳は人間のものではない。

「おっ。魏王（ぎおう）！　もうそっちは終わったのか」

透子たちのすぐそばにいる男は――秋華と呼ばれた鬼は目をぱちくりと瞬（まばた）いた。能面のように表情のない魏王と対照的に満面の笑みで手を振っている。

鬼……。

透子と千尋の背中に等しく緊張が走る。

ヒトガタの高位の鬼に対峙（たいじ）すること自体も恐ろしいが「魏王」という名前に二人とも聞き覚えがあったからだ。

魏王は「千瑛が以前に出会って、脱兎（だっと）のごとく逃げだした鬼」と同じ名前だ。

千瑛ですらかなわなかった強大な鬼……。

「――当面の目的は果たした。二人を連れてさっさと帰るぞ」

「ええっ⁉　容れ物を探すんじゃなかったのか？」

「今はいい、荷物が重くなるし――面倒だ」

二人の緊張をよそに、鬼はまるで世間話でもしているかのように気安く会話を交わしている。

「させるかよ！」

振り下ろした千尋の刀をひょい、と秋華が避けた。

「はは！　上手、上手。いいね、いいねえ……おまえ、筋はなかなか悪くない！」

完全に遊ばれてくそ、と千尋が舌打ちした時。

「伏せろ！　千尋ッ」

遠くから声がした。千尋と透子が咄嗟にしゃがみ込む。

頭上を何かが通り抜けた。

「チッ！　鬼狩りが来たな！」

声の方向を見れば千瑛と和樹が駆けてきていた。

「行くぞ、秋華。——そこの守り姫は傷つけるな！　あとで必要になる！」

「ハイハイ。魏王は口うるさいなあ」

「逃すかよっ！」

和樹が手に持ったボウガンのようなものを鋭く引く。ダダダッと音を立てて矢が屋根に突き刺さるが、魏王はそれを難なく避けた。

「風牙ッ！」

千瑛が叫ぶと、狼の形をした白い式神が現れ、魏王に頭上から襲い掛かる。魏王が狼の喉を右手で掴んで左手で拳を打ち込むと、式神は憐れな声で一声高く鳴いて紙に戻った。

「クソ……」

「相変わらず、か弱いな、鬼狩り」

魏王が鼻で笑って千瑛を見下ろす。むっと千瑛が口を曲げた。

「覚えていてくださって光栄ですよ！　魏王さん……申し訳ないけど、不法侵入で通報していいですか！　あと、うちの本拠地を壊さないでくれます？」

千瑛の軽口に魏王は肩を竦め、秋華がひゃひゃと笑った。

「いいね。呼びなよ、警察。——窃盗罪でこっちが訴えてやる」

「窃盗？　なんのことだ……」

首を傾げた千瑛を鬼たちは鼻で笑った。

「いたぞ！　あそこだ——鬼が……っ」

「……鬼だっ…千瑛さんの援護を……」

本家にいたらしい数人の鬼狩りが集まってくる。

やれやれと魏王が肩を竦めた。

「……争う気はない。今はな」

「今度じっくり遊ぼうね。守り姫！　とそこの坊やも」

秋華に指名されて、透子と千尋はたじろいだ。

明らかに強い人外に個として認識されるのは、あまり気持ちのよいものではない。

「クソ！　待てよ！」

「やめろ、和樹。消火が先だ」

追いかけようとした和樹は千瑛に止められて一瞬反論をしかけたが、はあ、と大きいため息をついた。

「わかったよ……でも消防車が来ないとこれやばいぞ……おまえたちも下がっていろ」

皆で燃え盛る蔵を絶望的な気分で眺めていると、ひとりの青年が現れた。

「消防車は呼んだ。だが、その前にできるだけ火を消そう」

「新さん？」

和服姿の青年の登場に、ほっと和樹が息をつく。

新は透子たちに気付くと、ほら、と合図した。

「危ないから下がっていて」

大人しく透子たちが従うと、彼は蔵に向かって指で複雑な印を結んだ。

手の中に何か青いモノが集まるのが見えた。

「――きゃっ……！」

大きな風が吹いたような気がして透子は目をつぶる。

衝撃が前方から襲ってきて伏せる、ぶつかってきて、少し痛い、と思ったのは水の礫だった。大量の水が蔵を中心として「落ちて」きている。

「み、水……？」

透子の呟きに、びしょぬれになった千瑛が髪をかき上げながら苦笑した。

「紫藤新の……あそこにいる人ね、の異能だよ。空気中から水とか氷を生成するんだけど

――これはまた……、派手にやったなあ」

視線の先では、荒く息をした紫藤新が膝をついていて、蔵を覆っていた炎はほぼ、その姿を消している。

「……すごい……」

へなへなと透子はその場にへたりこんだ。

どうなるかと思ったが、少なくとも火は消えている。

「なんっ……とか……鬼は、撃退できたのかな？」

千尋がケホ、と空咳（からせき）をした。煙があたりにまだ充満している。

「……撃退っていうか、勝手に帰っていったというか……何をしに来たんだあいつら」

言いながら刀を見つめている。

透子は千尋の身体（からだ）にどこも怪我（けが）がなさそうなのにほっとしつつ、千瑛を振り返る。

「千瑛さんが昔会ったことがある魏王って……あの人、ですよね」

透子が尋ねると千瑛は水で濡（ぬ）れた髪をかきあげながら実に嫌そうに顔を顰（しか）めた。

「そうそう、僕が命からがら逃げて来た御仁……。何をしに来たんだ……」

母屋がにわかに騒がしくなる。啓吾が戻って来たらしい。

報告を受けるなり血相を変えた啓吾は制止も聞かずに蔵の中へ押し入り、ふらふらと出てきてその場で倒れこんだ。

千瑛と紫藤新が難しい顔で真千と話し込んでいる。

「千瑛さん、何があったんですか……今のは……」

なにごとか、と本家にいる一族二十名ほどが蔵の前に勢ぞろいしたのを見て、千瑛が無理に笑顔を作りながら今日はもう休むように指示をした。

「あー、大丈夫……心配しないで。明日説明するから今日は休んで」

不安がる一同は不承不承、といった感じで部屋に帰っていく。

「……どうしたんだ？　やっぱり家宝が燃えていた？」

千尋の呟きに、さきほどまで新と話していた和樹が首を振った。

「もっと悪いな」

珍しく、和樹の口調は苦渋に満ちている。

「やられた。さっきの鬼に家宝が盗まれている」

え。と透子が呆けた声をあげた。

ついでに、と和樹は周囲を窺いつつ声を潜めて、付け加えた。

「千不由も攫われた……。——あんな女、攫って何をするつもりだ」

＊

「家宝を奪われるとは何たる失態だ、千瑛と新が本家に居ながらっ！　君もだ！　真千っ！」

翌日。我に返った神坂家の当主がまずしたことは、周囲に当たり散らす事だった。

温厚を装う余裕はないらしい。

千瑛と新、それに真千をリビングに集めて喚（わめ）くと、一人ソファに座って頭を抱えた。

温厚そうな容姿の新が啓吾を見下ろしながら、チッと鋭く舌打ちしたので、透子と千尋はびくっと肩を揺らす。

「……和樹かと思った」

千尋の感想に、透子も内心で頷（うなず）く。

母の死後「和樹の養育を分家だからと任された」のは新らしいが、養育者と子供というのは気質というか癖が似るのかもしれない。

和樹は「似てねえよ」と拗（す）ねたように毒づく。

透子たちの様子には気づかず、目を吊（つ）り上げたまま、新は続ける。

「――責任の所在を問うなら、なぜ幾重にも結界が張り巡らされていたはずの蔵に鬼が入れた？　結界が破られた気配がして駆けつけてみれば……このありさまだ。中には千不由がいたとか。――まさか、娘とはいえあそこに自由に出入りさせていたのか？」

啓吾は、うっ、と言葉に詰まった。

「……どういう事情かはしらないが、結界を破ったのは千不由だな？」

「そんなことは」

「彼女以外ありえないだろう！」

殴りかかりそうな新をどうどう、と千瑛が宥めた。

「何があったかわからないし……それは、今ここで争うことじゃない」

あの、と千尋が口をはさんだ。

「家宝……ってさ。結局なんなんだ？　鬼が持っていったっていうけど、盗まれて困るものなのか」

真千がチラリと息子を見た。

「それは俺も聞きたい」

和樹が弟に同意する。

「すごく古いモノだとは聞いていたけど……金目のものじゃなかったんだな？」

「……和樹さんでも、知らないものなんですか？」

「始祖が残した貴重なもの、としかしらない」

千瑛と新が視線を交わし、千瑛が口を開く。

「神坂の始祖の遺体の一部なのだ、と僕と新さんは……伝え聞いて育った。尊い始祖の体の一部を本家で家宝として御守りする、ってね」

千瑛の言葉に千尋は眉根を寄せた。

「遺体の一部をなんで大事に保管しておくんだ？　そもそも、なんで鬼は始祖の遺体なんて奪ったんだ？　嫌がらせか？」

「聖人の遺体を崇めるというのは、そんなにおかしなことでもないだろ。古今東西、どんな宗教でもよくある話だ——だけど遺体を尊ぶのは信者——この場合は俺たち神坂家だ。鬼がなんでそれを欲しがる？　貶めて喜ぶとか、か？」

和樹の言葉をそうだねと千瑛は肯定した。

「始祖の遺体には力があって、神坂の家を守護してくれる……だから大切にご神体として守らなければならない。そうでしたよね？　啓吾さん」

千瑛は問いながら啓吾を見た。

啓吾は頭を抱えてうう、と呻くような声をあげたきり俯いて答えない。

神坂家の始祖は女性だった、と透子は聞いている。

鬼を狩る不思議な異能があって、平安の終わり関東一円を荒らしまわっていた鬼を子供たちと一緒に退治したのだと。

沈黙を破ったのは啓吾の背後にいた真千だった。

「啓吾さん、そうご自身をお責めにならずに。私から話しましょう、いいですか？」

「……そ、それは……」

啓吾は渋っていたが、真千に重ねて問われると短く「任せる」と言った。

真千は微笑んでなぜか透子を見た。

「千瑛と新だけではなく、透子さんにも聞いてもらおうかな。君は守り姫だから——千尋、お前には関係のない話だ。部屋を出なさい」

冷たい声に、千尋の表情が強張る。

「……俺も鬼に襲撃された。聞いても問題ないと思うけど？」

「お前は異能がない。これは能力のない者には、一切関係のない話だ。弁えなさい」

淡々とした口調には悪意も——関心もない。

冷たさに透子はぞっとしたが千尋は慣れているのか、さほど傷ついた様子もない。

「じゃあ俺は？」

千尋の隣にいた和樹が尋ねると、真千はああ、と思い出したように和樹を見た。

息子が、初めてそこにいると認識したかのように。

「新さん次第だ。彼に聞きなさい」

「……どうでもいいってことね」

和樹の軽口に真千は軽く肩を竦めただけだったが視界の端で新の額に青筋が走ったのがわかる。

——見た目に反して血の気の多そうな新は頬を引き攣らせながら、真千を睨んでいる。

真千は、おそらく本当に息子二人に興味がない。

透子は奇妙な心地で、目の前の男を眺めた。

息子だけじゃなくて、彼はこの状況にすらあまり焦っていないように思える。

冷静というより、不自然なほどに他人事だ。

「……千尋くんも和樹さんも、鬼に襲撃された当事者です。家宝が何か一緒に聞いてほしいと思います。二人がいないなら私も部屋から出ます」

真千の表情が、初めて動いた。

じっと透子を眺めて、薄い唇に笑みをはく。

「……それは、守り姫としてのお言葉、かな？」

煽るような口調に、透子は怯んだが、手をぎゅっと握った。

「……それで、いいです」

正直守り姫がどんな地位なのかはわかっていないが。真千はうっすら笑って続けた。

「守り姫がそうおっしゃるなら、二人にもいてもらいましょう。ただし、他言無用で」

千尋は父親の言葉にうなずく。

「神坂家の家宝は確かに遺体の一部だが、始祖と呼ばれる女性のものではない」

「始祖のものじゃない？」

「じゃあ、何を後生大事に我々は祀っていたんですか……？」

千瑛と新の疑問に、真千は答えた。

「本家の家宝は鬼の心臓だ」

「……なんですって？」

「鬼、の……？」

あっさりと思いもよらぬことを暴露されて、鬼狩りたちはその場で固まった。

透子と千尋は思わず顔を見合わせた。

「始祖じゃなくて鬼、の心臓？……なんでそんなものを家宝にして大事に祀っているんだよ。……鬼は神坂家が狩ってきた奴等だろ？　敵じゃないか」

神坂家にいながらも、あまり鬼狩りには関わってこなかった――いうならば外野の千尋と、透子の意見はほぼ同じだ。

千瑛は真千から視線を外さぬまま、押し殺した声で聞いた。

「……家宝が鬼の心臓だなんて話は僕も初耳ですね。どうして隠していたんですか？」

真千は冷静な面持ちのまま千瑛と視線を絡ませた。

「初耳なのは仕方がない。家宝が鬼の心臓だということは、神坂本家の直系と……ごく近しい者にしか伝えられない事実だからね」

「真千さんは本家の人間ではないでしょう……」

千瑛の疑問には啓吾が苦しそうな声で答えた。

「……昔から、真千は私の仕事をよく手伝ってくれている。もっとも信用がおける人間だ」

だから、特別に真千は事情を知っていた、ということらしい。

「本家が祀っているものが、始祖の女性ではなく鬼の心臓だと知ったら、神坂の一族には動揺する者もいるだろう。だから、代々、本家の一部の人間以外には伏せていたんだ」

それで、と千瑛が促す。

「なんだって鬼の心臓なんかを家宝にしていたんです？」

「神坂の始祖となった女性は、関東一円を荒らしていた鬼を斃した。というのが我が神坂のはじまりだ、と伝承ではあるね？……あれは……一部は虚偽だ」

「虚偽」

掠れた声で千瑛が繰り返す。

「神坂の一族から八つ裂きにされて、殺された……はずの鬼の首魁だったが、鬼の首魁については、どうしてもその心臓の動きを止めることができなかった。だから神坂の始祖は……守り姫は一命を賭して心臓を封じて、鬼の心臓から一族を『守って』きたんだ」

真千は透子を見ながら言った。

「破壊することが出来ず、守り姫が封じた心臓を、神坂の一族はずっと監視してきた。守り姫がいるときは側にいて心臓に封印をかけ続け、守り姫がいない時代は本家で厳重に保管してきた」

「守り姫、にはそういう意味もあったんですか……」

鬼の心臓を守る、という……。

透子の認識していた「守る」対象の意味が、全く変わってくる。

呆然（ほうぜん）している透子の隣で和樹が唸（うな）った。

「その伝承が仮に本当だとして、始祖に殺されかけた鬼は、千年も昔の生き物だろう？　千年モノの心臓なら、さすがに壊すことはできないのか？」

真千は和樹の疑問を否定した。

「出来たらとっくにそうしていただろうね。歴代の当主も破壊を試みたらしいが出来ずに今に至っているんだ。あの心臓はまだ……鬼の禍々（まがまが）しい気配に満ちていた。生きていると言ってもいい」

にわかに信じがたい話だが真千の声は確信に満ちている。

千尋が抑えた声で疑問を口にした。

「鬼の心臓が生きているとして、それをなんであいつらは盗んだんだ？」

真千は沈痛な面持ちで目を伏せた。

だが、その表情は、どこか芝居がかっている。

「彼らはきっと鬼を、彼らの首魁である鬼を蘇（よみがえ）らせたいんだろう」

「よみがえらせる？……心臓しかないのにどうやって？」

千尋のもっともな疑問には苦々しい表情で千瑛が答えた。

「……鬼は、自分の身体の欠損を補うために、その部分を喰うことがある。人間の身体が対象だが……、共喰いもするな……」

透子はあっと声を上げた。

千尋と透子の担任だった「柴田」という鬼は美しい黒髪に執着していた。

過去の自分が持っていて、失った部分を「喰うこと」で補おうとしていた。

「鬼の首魁の心臓を、今日あった鬼が食らったとしたらどうなるんだ？」

千尋が不安げに鬼狩り達を見渡した。

「首魁が復活するのか？」

それはわからないが、と真千は深刻な顔をしてみせた。

「もしくは首魁とおなじような能力を手にする可能性がある……可能性だが」

「考えただけで、ぞっとするな」

蒼褪めた千瑛と対照的に、真千は落ち着き払っている。

「すぐに問題は生じないだろう。鬼の心臓には幾重にも封印がかけてある。歴代の守り姫の厳重な封印だ――すぐには解けない」

千瑛が胡乱な視線を向けた。

「……そうでしょうか？」

「心配しなくてもいい。封印を解く方法は限られている。彼らにそれが出来るはずがない」

　やけに確信に満ちて言い切る真千に千瑛は疑わしげな視線を向けたが、反論する根拠もないので、とりあえずはおとなしく口を噤む。

「鬼が千不由さんを攫ったのは、神坂家に心臓の封印を解く交渉をするためですか？」

　透子が尋ねると真千は「おそらく」と首肯した。

「はやく、助けにいかないと……」

　千不由の心配をする透子に、今まで沈黙していた啓吾が苛立たしげに首を振った。

「千不由は本家の娘だ！　いざとなったら覚悟はできているはず……！　鬼が何を言ってきても、無視して構わない……！」

　怒気を孕む口調に透子は啞然とした。

「心配していないんですか、千不由さんの事」

　啓吾は苛立たしげに立ち上がった。

「私は父親である前に、当主だ。千不由よりも今の事態を収めることを考えねば！　家宝を盗まれたなんて事が外に知られたらどうなることか……！」

「鬼に攫われたんですよ？　どんな危険な目に遭うか……！」

「あんな愚かな娘は捨てておけ」

あまりに薄情な言葉に千尋が息を呑む。

透子はぎゅ、っと唇を噛んだ。

脳裏に何かを堪えるような千不由の横顔が思い浮かぶ。透子は決して千不由を好きではない。……けれど。

自分でも、怒りで頭に熱が上っているのがわかる。

「鬼狩りは、人を助けるのが仕事だと思っていました」

どうにか平静な声を振り絞って言い募ると、啓吾は憎々しげに透子を睨んだ。

「その通りだが？」

「嘘です。だって、自分の家族さえ救おうとしないんだもの。それどころか、心配すらしないなんて――」

透子は顔を上げた。

「啓吾さんの方が、鬼みたいです」

「なっ……！　無礼なっ……！」

透子の非難に、啓吾は一瞬激昂しかけたが、真千を除いた他の面々も同様の視線を送ってくるのに気付いたのか咳払いをした。

「まあいい。……事情は話した。これからどう動くかはあとでまた指示する。君たちはくれぐれも、一族の他の者に、家宝の事を他言しないように」

一方的に宣言して、啓吾は真千と共に部屋を出ていく。

「……言い過ぎたかな」

ほんの少し後悔して、うつむく透子を、千尋が軽く小突いた。

「気にしなくていい。透子が反論してなきゃ、俺がたぶん殴っていたと思う。千不由が心配なのは俺も同じだ」

「……うん、そうだね」

勢いよく閉じられた扉を皮肉な目で眺めて、和樹も半眼になった。

「当主が親父と仲いいはずだぜ。どっちもヒトデナシで気が合うんだろうよ」

あまりな言われようだが、咎める者はいない。

「いくら馬鹿でも、娘の心配くらいしてやれよな……」

残された一同に、どこか白々とした空気が流れる。

「あ、あの、それと。秋華と魏王が千不由さんのことを話していた時『二人』って言っていた気がするんです。彼女の他にも誰か鬼に攫われたんですか？」

「いや？　屋敷にいないのは彼女だけだ」

じゃあ、聞き間違いだろうか……と透子は首を傾げる。

千瑛がソファに腰かけて、はあ、っと息を吐いて天井を仰いだ。

「千不由ちゃんが心配なのも、啓吾さんと真千さんがヒトデナシなのも同意だけど。……ここで彼らを責めても何の解決にもならないし」

「それは確かに。──千瑛、鬼が心臓の封印を解いたらどうなると思う？」

新が千瑛と同じく絶望的な面持ちで、唸る。

「うーん。僕と新さんが激務で死ぬことになるのは間違いないかと」

「物理的に死ぬんじゃないか？」

縁起でもない言葉に透子がぎょっとする。

透子の様子には気づかず、千瑛は力なく笑った。

「僕、昔、あの魏王ってヒトとかち合って、命からがら逃げましたからね。勝てる自信ないなあ。でも、真千さんがあれだけ自信満々に言い切るってことは、少なくとも封印を解くのには時間がかかるんじゃないかな……」

「まだ猶予があるってこと、か。鬼はどこにいるのか、捜す手立てを考えよう」

しかし、秋華も魏王も見た目は人間と変わらないから、人間のふりをして街に紛れてしまえばわからない。

「地道に警察から防犯カメラのデータを見せてもらうしかないか……」

千瑛は頭が痛いよと渋面のまま こめかみを親指で揉んで解している。

「索敵が得意そうな一族の人間に、詳しい事情は伏せて協力を要請してみる。強い鬼がいる場所では怪異が起きやすい。関東一円で最近変わったことがないか、情報を集める」

新の申し出に、千瑛はお願いします、と頭を下げた。

「新さんのお願いなら皆協力してくれるでしょうしね」

さっそく、と部屋を出ていった新の背中に千瑛は力なく手を振った。

「鬼がどこにいるか、知っている人がいたらいいんだけど」

千瑛がぼやいた。

「……鬼がどこにいるか捜す……、知っていそうな人たち、か」

千尋がボソっと呟いて、考え込む。

「どうしたの、千尋くん？」

様子を窺う透子に、千尋は苦笑した。

それから千瑛と和樹に視線を移す。

「千瑛、和樹。……あの、さ。人間そっくりな鬼を見分けるのってどうやってんの？」

千尋の質問の意図が測りかねたのか、千瑛と和樹はうん？　と同じ方向に首を傾げた。

「さっき現れた秋華と魏王って鬼も、目が赤い以外は人間と変わらなかった。柴田先生はそもそも目も黒かったし……俺には無理だけど、二人は誰が鬼なのかってわかるんだろ」

ああ、と和樹は腕組した。

「そういう意味ね。どうやって鬼だと判断しているか、ってことか。鬼は気配でわかるな。

だけど……高位の鬼ほど、自分の気配を隠すのが上手い」

「じゃあ、人間に完璧に化けた鬼の正体を暴くにはどうしたらいい？　昔話でも人に化けた鬼の話っていうのはいくつもある……ってことは、そういう鬼が実際にいた、ってことだ」

――千瑛は、透子を指さした。

「それなら、透子ちゃんに頼んだらいい」

「わ、私ですか？」

いきなり指名されて透子は驚く。

「確かに、高位の鬼は人間に擬態するのがうまいけれど。使われたら正体を現すしかなくなるような道具もあるね……真実を映す、と言えば」

あ、と透子は声を上げた。

「私の手鏡ですか？」

「そ。透子ちゃんの手鏡は先代の守り姫である真澄さんが愛用していたものだ。――その鏡で透子ちゃんが……守り姫が鬼を映して正体を現せ、と命じれば、鬼だって隠しきれないだろうね。守り姫は鬼を封じる。鬼の力も封じる……」

「正体を隠す……その能力も封じることが出来る、ってことですか？」

「ご名答！　以前の透子ちゃんには難しかったかもね。でも、今は鬼を封じることが出来る。なら、鬼の力を封じてその正体を明かさせることは可能なはず」

　千瑛が褒めてくれるのはいいが、透子の手鏡は、啓吾に預けてしまった。

「手鏡……啓吾さんから返してもらわなくちゃ」

　和樹が呆(あき)れた。

「プライドの異常に高い当主に『おまえは鬼だ』って無礼千万な喧嘩(けんか)を売った直後に『預けた鏡をかえしてくださーい』って言いに行くのか？　芦屋、おまえのメンタル鋼だな？」

「う……っ、そ、それは……そうなりますよね」

　透子は口元を押さえた。

「当主は、絶対、根に持っている。おとなしく返してくれたらいいけど。鏡は今頃叩(たた)き割られているかもしれないぜ」

「つい……頭に血が上って……」

　己の舌禍を呪って透子は頭を抱えた。

「気持ちはわからんでもない。親父も当主も、父親としてはクソだし」

　言葉を探した透子に和樹は勘違いすんなよ、と眉間に皺(しわ)を寄せた。

「千尋と違って、俺は最初(はな)っから親父が好きじゃねえ」

　俺も別に、という千尋のぼやきは無視された。

「だから今更、親父がクソなことに何とも思わねえよ。だけど千不由は違う。今までは千不由は父親にべったりだし、溺愛されてきた。……なのに、いきなり梯子を外されて、先日はお前たちの前でこっぴどく叱られたんだろ？——情緒不安定になってもおかしくないな」

和樹は千不由の境遇に同情する、と肩を竦めた。

「鬼は……鬼を捜せる、のか」

和樹のぼやきに千尋は何かを考え込んでいたが、つい、と顔をあげた。

「和樹、明日暇？　大学に行く？」

「うん？……まあ、行こうかとは思っていたけど……なんでだ？」

いきなり話が飛んだので和樹がきょとんとした顔で弟を見た。

「俺、ちょっと和樹の大学に興味があるんだ。明日、見学しに行ってもいいかな」

「おまえ理系じゃないだろうが」

「いいだろ。案内してくれよ。大学で——探したい資料がある」

いいけど……。と和樹は不承不承頷いた。

千尋はありがと、と礼を言ってから透子を見た。

「透子は、啓吾さんの部屋に鏡を捜しに行けないかな……」

「え、ええっ……!?　それって盗みなんじゃ……」

透子は叫び声をあげたが、千尋は期待を込めて透子を見ている。

「返してもらうだけだから、大丈夫だって。透子なら出来ると思う」

「確かに、手鏡はあった方がいいな……。透子ちゃんやってみてくれる？」

千瑛まで大真面目に透子に要請してきた。

「……ええっ……が、がんばります」

二人はいたって本気のようなので、透子は仕方なく小声で宣言した。和樹は若干呆れたように三人を見た。

「語尾が小さくなってんぞ、芦屋。――まあ、鬼の正体を暴く鏡があったからって、それがなんか役に立つのか？　って話だけどな……。そもそも鬼がどこにいるのかわからなきゃ、正体を暴くどころか何もできない。仲間内に鬼でもいりゃ話は違うだろうけど」

「どうして？」

「鬼なら同胞の気配がわかるからだよ。あいつらお互いにGPS機能みたいな感じで捜せるみたいだぜ？……よくわからんけどな」

「GPS機能か。それ、すごくいいな」

なぜか、千尋はひどく嬉しそうに和樹の言葉を繰り返した。

第五章　擬態

「いつも兄がお世話になっています。弟の千尋です」

にこにこと千尋が微笑むと、研究室の面々は歓声を上げた。

「えー、やだ！　似てない！　全っ然、似てないねえ紫藤君――！」

「弟君、性格良さそう。紫藤とは大違いー。だよな！」

見学に来ました、と現れた千尋を、和樹が所属する予定の研究室の面々は、ずいぶんと好意的に迎えてくれた。

「あれ？　でも紫藤ってば自分は一人っ子って言ってなかったっけ？」

「言いましたっけ？　別の奴じゃないです？」

先輩からの質問にも和樹はとぼけて返す。意外にも和気藹々と和樹を囲む人々を千尋は珍しそうに眺めた。神坂の面々と和樹は大体、仲が悪い。誰に対してもとげがあるからだ。

――大学でも「性格が悪い」と認識されてはいるようだが、本人いわく猫をかぶっているそうなので、大学で友人たちとの関係は悪くないみたいだ。

「千尋くんは来年大学に進学するの？」

「いえ、まだ高二なので。和樹の大学も候補なので様子が知りたくて」

「そうなんだ！　お兄ちゃんと同じ大学がいいもんね」

「そうですね、兄と一緒だったら安心かな……って」

和樹がボソッと鳥肌……と呟いて腕を擦った。

和樹はまだ学部の二年生で研究室に所属していないらしいが来年からこの研究室に入りたいから、となんだかんだ理由をつけて入り浸っているらしい。

笑顔で色々と尋ねる千尋に研究室のメンバーは色々と大学の良さを教えてくれる。

人懐っこさを過剰に振りまきながら色々な質問をする千尋を、和樹は遠巻きに見つつ、腕の鳥肌を擦っていた。

「紫藤君、どうしちゃったの、千尋くん」

「知らねーよ……。オエッ……、って感じ。何が兄だ、安心だ、……気色悪ぃ」

「敬語使いなさいよ、敬語」

春からこの研究室に入る予定のすみれは、教授の厚意で今は研究室でアシスタントのバイトをしている。いきなり現れた千尋と和樹に目を丸くしつつも、千尋の普段とは違う様子を黙って見守っている。

「千尋くんは感じいい子だけど、今日のあれは……なんだか、過剰に猫かぶりバージョンだね？　何の目論見？」

「だから知りませんってば。急に大学に来たいって言うから連れて来ただけで。あいつは、この大学に進学しないはずだけど」

ついこの間、留学をしたいと言っていたのだ。こんな短期間に目標を変えるとは思えない。

二人の困惑をよそに、千尋はよどみなく爽やかな高校生の演技を続けている。

「俺は文系だから和樹と学部は別になると思うんですけど。英文科とかいいかな、って」

にこ、と千尋が微笑むので、女子学生の何人かは一瞬見惚れて固まった。

すみれが「怖……ナニアレ……怖……。うちの可愛い透子に近づかないでほしい……」

と小さく呟き、和樹はひきつづき腕を擦っている。

「英文科か！……でもうちの大学、英文科はそんなに有名じゃないから別の大学の方がいいかもよ？　就職も理系学部の方が強いしね」

「そうなんですね、だけど知り合いの方が講師で所属しているんです。すごくいい大学だっていうから気になって。白井先生……白井悠仁先生っていうんですけど」

「あ！　白井先生。あのイケメンの……」

「いい先生だよね……！　私、英語の必修の担当は白井先生だよ」

「え、そうなんですか？　悠仁さんの授業ってどんな感じですか？」

なぜか悠仁の話題で盛り上がっている。

イケメンだとか、なのに彼女はいなそうだとか。あまいものが好きっぽい、とか……。

昔は欧州に住んでいて、ドイツ語の教授と話すのをみた、とか。

そういう他愛もない噂話（うわさばなし）に、女子学生たちがはしゃいでいる。

「白井先生、授業のはじめに海外で暮らしていた頃のことをコラムにして配布してくれるんだけど！　興味あるなら千尋くん、読む？」

「いいんですか？」

「あ、じゃ、SNSのアカウントを交換してほしいな」

下心ありの一人の女子学生の申し出に、千尋が申し訳なさそうに顔を伏せた。

「俺、親の方針でSNSのアカウント持っていないんです。和樹に送ってくれませんか」

女子学生はあからさまに落胆して「紫藤で我慢するか」と舌打ちした。「お願いねー」とぞんざいに言われて、和樹が頬を引き攣（つ）らせる。

「俺を連絡役につかうなっつうの。あの大嘘（うそ）つきが……」

「君も大概外面いいけどね、猫かぶり兄弟？」

「俺は犬派です！」

「そーなの？」

すみれは苦笑している。

呆れている二人をよそに千尋はなおも研究室の面子（メンツ）と話を弾ませている。

「あ、なんなら英文科の執務室行ってみる？　白井先生もたまにいるから」

「本当ですか、嬉しいな。あと、出来たらその……、図書館も見学してみたくて……それから学科のシラバスとか見させてもらったら駄目ですか？」

「いいよ。まず、図書館行こうか」

千尋くん、素直で可愛いね、と盛り上がる女子たちに頭を下げて千尋が立ち上がる。

明らかにいつもと様子が違う千尋を、和樹は険しい目で眺めた。

千尋に「和樹ついてきてよ」と笑顔でお願いされた和樹は、仕方なく弟と同行する。

悠仁には会えなかったものの、千尋は英文科の執務室やシラバス、悠仁のコラム一式などをなぜか熱心に集めていた。戦利品を手に数時間図書館に籠る、と言う。

「俺は授業行くので後でな」と告げて夕方。まだ図書館に籠っているという千尋を和樹は仕方なく迎えに行った。

レポートを仕上げる学生に交じって、千尋は手に入れたシラバスや図書館から借りたらしい資料類を眺め辞書を片手にタブレットで英語のサイトを閲覧している。

――大学百年史。

無造作に置かれた資料を横目に和樹は弟の真剣な顔を窺った。

「おい、帰るぞ」

近づいて椅子を軽く叩くと千尋は口を尖らせた。

「……叩くなよ。行儀が悪いな」

「お兄ちゃんからの教育的指導だろ。それで？　調べたいものはみつかったのか」

チラリと窺うと、

「うん、大体。あとは問い合わせするだけ」

タブレットの画面上、開かれたメールフォームの宛先は海外なのか、英語で注意書きが記されている。どこに何を問い合わせるんだ？　と和樹は千尋がコピーした資料に目を落とす。

机上に広げられた百年史のコピーには、マーカーでラインが引かれていて、和樹は眉根を寄せた。戦後すぐぐらしい古い記事には、どこかでみたことがある青年の笑顔の写真があり、注意書きが付記されていた。

『研究生、白石悠仁氏語る――』

＊

おそらく、啓吾(けいご)の部屋に透子の手鏡は保管されている。

それを取り戻す。透子は課せられたミッションに頭を抱えていた。

『透子の鏡、こっそり取り返しておいてよ』

千尋は笑顔で透子に「お願い」すると自分は和樹をひきずるようにして大学に行ってしまった。千尋の考えはわからないが、鏡は必要そうだ。

「だからって、部屋に本当に盗みに入るのは……。でも、待って！　そもそも、私のものなんだから……入って取り戻しても、大丈夫なのかな……」

語尾が小さくなってしまう。

今朝、啓吾は真千と共にどこかへ出かけた。

啓吾の部屋にこっそり忍び込むなら今だ。――とは思うのだが、啓吾一家の家に続く渡り廊下を行ったり来たりぐるぐるしているだけで、踏ん切りがつかない。

「さっきから、何をうろうろしているのよ、怪しいわね」

いきなり声をかけられて、透子は飛び上がった。

「葵さん……っ」

高校から帰って来たばかりなのか、制服姿の葵が鞄を片手に立っていた。

いつも一緒にいるはずの楓の姿は見えない。透子の視線の行方に気付いたのか、葵はつまらなそうな顔で応じた。

「楓なら実家に帰ったわよ。……無理もないわよね。安全だと思っていた本家を鬼が襲って来たんですもの。親が血相変えて迎えに来たわ。あの子は一人娘だから」

「……そうなんですね、葵さんは？」

「私？　四人姉妹の一番下。——まあ何かあってもそこまで困らないんじゃない？　しばらくは本家にいろ、って父から命令が下ったのでそのまま居候続行よ」

葵は淡々と言い、透子はなんと言っていいものか分からずに、曖昧な相槌を打った。

「勘違いしないで。別に親子仲が悪いわけでも虐待されているわけでもないから。納得して本家に残っているの」

「何も言っていないですけど」

「顔に書いてあるわよ、葵さんってば可哀そう、って」

憎まれ口に、透子はほんの少しだけ笑ってしまった。

「可哀そうっていうか、葵さんのお父さんも薄情だな、って思っただけです」

葵は透子の言葉に憤慨する。

「言葉を選びなさいよね、余所者！……父は薄情なんじゃないわよ。自分が一番可愛いだけ。自分と自分の資産がね。あと娘が自分の命令には無条件で従うって思いこんでいる

……どこにでもよくいる人よ」

葵はつまらなそうに言うと、透子の手をつかんで人気の無い中庭に面した縁側へ連れて行った。そこにどかりと音を立てて座ると、透子を見上げた。

「ねえ、透子さん。千不由さんは今、どこにいるの？」

対外的には、千不由は鬼と遭遇して怪我をして——入院したことになっている。

「入院なんて嘘よね。いくら私でもわかるわよ。怪我なら千不由さんは自分で治癒できるし、鬼に遭遇して怯えて引き籠るような人じゃないわ。千不由さん、死んじゃったの？」

「まさか！　死んでなんか！」

「じゃあ、鬼に攫われちゃったんだ？」

「……え、っと」

透子はどういいわけしたものか、と視線を彷徨わせた。

しかしこれでは肯定したに等しい。葵は縁側に足を投げ出し、ぶらぶらと前後に揺らした。

「わかるわよ。私、人の気配とか鬼の気配とかに敏感なの。――あの夜、鬼がいなくなったと同時に千不由さんの気配も消えたもの……やっぱり、そうなんだ」

ひとりで納得して葵はぶらつかせていた足を引き上げる。

体操座りをして膝に顎を乗せた。

「鬼に攫われたら、もう、どうしようもないよね。可哀そうな千不由さん。きっと食べられちゃうんだろうな」

「縁起でもないこと言わないでください！　絶対無事に帰ってきます！」

思わず叫んでしまってから透子は口を手で押さえた。

面白そうに葵は透子を眺めたが、「まあいっか。私には関係ないし」と立ち上がり、皺を伸ばすようにスカートをぱんぱんと叩いた。

「それで？　透子さんは何をしていたの？」透子はじっと葵を見た。葵は鬼の気配を探るのが得意だ、と和樹が言っていた。どうも、それは本当のことらしい。

葵には関係ない、と言おうと思ったが、透子はじっと葵を見た。

「……教えてもいいですけど、そうしたら協力してくれますか？」

「なんでよ？　私に何の利益があるの？」

「千不由さんが自暴自棄になっていたのは葵さんが悪口言ったからだ、って吹聴します」

「は？」

透子の脅しに葵は素っ頓狂な声を上げた。

「葵さんのせいで、現状、ぐちゃぐちゃになっているんだ、って啓吾さんに言いつけます」

「あなたねえ……！　そんなことしたら」

透子は頷いた。

「啓吾さんの事だから、嬉々として葵さんに責任を押し付けると思います。娘がおかしくなったのは葵さんのせいだ。自分は悪くない……って」

きっぱりと言い切った透子をまじまじと見つめたが、ややあって、葵はぷっと噴き出した。

「ははっ！　最高！　当主様が私をなじる姿が目に浮かぶわあ……。透子さんってばいい子ちゃんかと思っていたけど、違うのね。性格悪ーい！」

「……自分でも驚いています。やっぱり私も神坂の人間ってことですかね？」

あはは、と葵は再び声を出して笑った。

「初めて、あなたが親せきだって実感がわいたわ」

笑いを収めた葵が透子に尋ねる。

「で？　何をするつもりよ？」

「私の手鏡が、啓吾さんの私室に保管されているはずなんです。それを、捜したくて」

「手鏡？　そんなのを捜してどうするのよ？」

「鏡には鬼を封じることができるし、鏡に鬼を映せば鬼か人間かがわかります……千不由さんを捜すのに、役に立つと思います」

葵は目を細めた。

「千不由さんを助けるの？　あなたは千不由さん、嫌いでしょ？　意地悪だし、千尋にべったりだもんねえ」

意味ありげな視線を向けられて透子は口ごもった。

「な、なんで千尋くんがここに出てくるかわかりませんけど……、秋に怪我した時、切断されそうだった指を千不由さんにつなげてもらったんです。だから……」

「恩返しをしたいってわけ？」

葵に聞かれてはい、と頷きそうになり、ううん……と透子は考え込んだ。

恩返し、なのは間違いない。同情もしているし助けたいと思う……が。そんなに綺麗な理由ばかりでもない。

「――どちらかと言えば、助けられたことがノイズで」

「ノイズって……」

葵が呆れた。

「恩義があるせいで、ひどい態度をとられても素直に嫌えないというか。公平な目で見られないんです。借りを熨斗つけて叩き返して、フラットな立場で千不由さんと対峙して。そのうえで、ちゃんと嫌いかどうか……向き合いたいな」

葵は呆れたように透子を見ていたが、ふふ、と笑った。

「ばっかみたい！　でもちょっと分かるわ、それ。フラットな立場ね……」

葵は背伸びをしてから、啓吾の家に向かって歩き出した。

「いいわ、捜してあげる。あなたがいつも持ち歩いていた、あの変な気配のする手鏡でしょ？」

「あ、ありがとうございます！」

礼を言う透子を葵は鼻で笑った。

「別に、千不由さんのためじゃないから。保身よ。──千不由さんが戻ってきたら、葵さんのおかげで無事に捜せましたって強調しといてよ」

「……素直じゃないのも神坂の特徴ですか？」

「一言多いのよ、あなた」

小さく舌打ちして葵は透子を先導して歩いた。

＊

「葵が協力してくれたのか」

大学から戻ってきた千尋に手鏡を見せると彼は小さく拍手した。

「うん。葵さん凄いね。どこにあるかすぐに捜し当ててくれたよ」

「どこにあった？」

「啓吾さんの執務室に忍び込んで……、ひきだしから……ぬすみ……まし……た」

語尾がどんどん小さくなる。天国のお祖母ちゃん、透子はぐれてしまいました。ものすごく怒られそう、と罪悪感に苛まれているとあはは、と千尋は笑った。

「引き出し鍵が掛けてあっただろうに、よくわかったな」

「それは葵さんが『絶対啓吾さんは誕生日に設定するタイプよ』……って」

まさにその通りだったので、透子はさすがにそれでいいのだろうか、と心配になる。

「葵に感謝だな。透子の罪悪感は……、俺も大学から情報貰(もら)うときに猫かぶっていたからおあいこって事にしとこ。今度一緒に神社の祭壇で懺悔(ざんげ)しよう」

軽い口調で言いながら千尋はリュックを床におろし、テーブルの上に資料を並べた。

神社って告解してくれるんだっけ？　と疑問に思いつつも、透子は気を取り直して千尋が大学で調べてきた資料を覗(のぞ)き込む。

「千尋くんは大学どうだったの？　大学、面白そうだった？」

「今日は大学を見学しに行ったわけじゃないんだ。だけど、――なかなかに興味深いことがわかったよ、あと……」

千尋のスマホが鳴って、彼は端末の画面に視線を落とす。

メールが届いたらしい。

無言でそれに目を通すと――千尋は苦笑する風に口の端を歪(ゆが)めた。

「……証言も届いた」

「なんの？」

透子の疑問に、千尋は微笑(ほほえ)みつつ答えた。

「――白井兄妹(きょうだい)が……本当は誰でもない、っていう証言」

その日の夜。

透子が千尋と共に白井兄妹の家を訪問すると悠仁が笑顔で迎えてくれた。

「すいません、お忙しいのにお邪魔してしまって」

「構わないよ。よく来たね」

二人とも白井兄妹の家には何度も訪れたことがある。

当初は文化祭の準備。その後もたびたび……訪問回数は透子よりも千尋の方が多いはずだ。いつも参考書や海外の本を借りに訪れたりしていた。

「千尋くんっ！　星護神社に帰っていらしていたのね……！　透子さんもごきげんよう」

「桜だあ！　こんばんは！」

「はい、だいふくちゃんもいらっしゃいませ」

悠仁の後ろから、ひょこっと桜が顔を出す。

いつもどおりの二人の様子に、透子はポーチの中にいれた手鏡を思い浮かべた。

『透子が危惧していたとおり、白井兄妹は、鬼だと思う――』

大学から戻ってきた後、千尋は透子にそう告げた。

『一番の根拠は透子がおかしい、って感じたことだけど……。文化祭の時も、この前の鬼が来た時の襲撃も……ちょっとタイミングが良すぎるよな。それに』

『それに？』

『悠仁さんが留学していた大学とか、俺調べてみたんだ……そうしたら』

「透子さん、どうかしたの？」

「えっ」

リビングに通された透子は、物思いにふけってぼおっとしていたらしい。

紅茶を淹れてくれる桜に尋ねられて我に返る。

「な、なんでもない。考え事をしていただけ」

「そう？　なんだか疲れているみたいですね」

桜が心配を口にする。

「こんな夜更けの訪問なんて、何があったの？」

悠仁も千尋の真正面に座って、心配そうに目を細めた。

……これも、演技だとしたら何も信じられなくなりそうだ。

千尋は二人が鬼なのか確かめる、と言っていたけれど、どうするつもりなんだろう。

透子が横目で窺うと、千尋は口を開いた。

「はい。実は困っていることがあって」

「困っていること？　僕が力になれる？」

悠仁の問いに千尋は「はい」と頷いた。

「僕が力になれる事なら何でも手伝うよ」

「じゃあ、魏王っていう男の居所を教えてもらえませんか？」

透子は思わず立ち上がってしまった。

「ええっ……！　ち……っ」

千尋くん、と制止しようとしたが、千尋はいたって平静だ。

それ以上何を言っていいか分からずに透子は立ち上がったまま動きを止めた。だいぶくがキョトンとした顔で透子の腕を抜け出し、桜の膝の上を陣取った。

「……魏王？　その人は誰かな」

悠仁は面白そうに微笑んで長い脚を組み直した。

兄の隣で桜は少しも狼狽えることなく、優雅にティーカップを口元に運んでいる。二人を見比べた千尋は落ち着き払って説明した。

「ついこの間、本家を襲撃した奴です。格闘家みたいな風貌の人で、秋華って呼ばれている細身の男性と一緒にいました」

悠仁はふぅん、と笑った。笑って透子と千尋を見比べる。

「……そんな人間は知らないなあ」

穏やかな口調はいつもの悠仁のままだ。

千尋が妙なことを聞いたというのに、落ち着きすぎている。千尋はなおも質問を重ねた。

「じゃあ、そういう鬼だったら知っていますか？」

白井兄妹の動きが固まった。

二人の顔から表情がスッと失われる。

「透子さん、そのままどうかお座りになって」

桜の穏やかな声に背筋にゾッと寒いものが走って、透子はへたり込むように椅子に身を沈ませた。

千尋は自分のスマホの画面を悠仁に見せた。

画面に映されたのは本家に現れた際の「魏王」の姿だ。

「これは本家のセキュリティカメラに映った映像ですけど。先日遊びに伺った時に、お手伝いさんに聞いてみたんです。この人俺の知り合いなんですけど最近悠仁さんに会いに来ましたか？　って。……年末あたりに一回来たと思う、って言っていました」

くすりと悠仁は笑った。

「家政婦のおしゃべりにも、困ったな。守秘義務があるだろうに……」

悠仁は軽く愚痴って、千尋に促した
「でも、家政婦さんの記憶違いかもしれないよ？」

「そうかもしれないですね。……なので、疑いを確信に変えたくて色々調べてみました。大学で悠仁さんが書いた留学生活のコラムも全部読んで、そのエピソードが本当かどうか調べて。……それと以前悠仁さんが話してくれた十代を過ごした街の事。あれも本当かどうか——俺は……留学に興味があるから、悠仁さんが通った大学や街の事を、調べてみたんです」

「それで？　僕の思い出の街は存在していなかった？　信じてもらえないのは悲しいな。全部あると思うけれど」

いえ、と千尋は首を振った。

「——全部ありました。悠仁さんが教えてくれたとおりです。悠仁さんが通っていた図書館とか、喫茶店とかレストランとか……名物教授の話とか。全部本当の事でした」

「だろう？」

「だけど」

千尋は言葉を区切った。

「それはすべて三十年以上前のデータでした」

「……へえ！」

「SNS上に悠仁さんが通っていた大学の卒業生のコミュニティがあって。あなたが話してくれた友人の名前で検索をかけてみたんです。何人か同じ名前の人がいて——。その中に、悠仁さんの事をおぼえてくれている人がいました。その当時、欧州に留学する日本人は多くなかったから印象深かった、って。いまの悠仁さんの写真を見せたら」

「見せたら？」

「とても懐かしい、って言っていました。……答えてくれた人は悠仁さんよりずっと年上の人でした。亡くなった俺の父親だって言ったら、悲しんで懐かしいエピソードをきかせてくれました――自分、の写真はこれだって」

プリントアウトしたメールと写真を見せると、肩を震わせて悠仁は笑いはじめた。

「はっは――！　懐かしい。しかし彼も老けたなあ。ご自慢の黒髪もすっかり白くなっちゃって。そうか、三十年……もうそんなになるとは！　せいぜい十数年のことかと思っていたよ」

千尋はさすがに緊張しているのか、唾を飲み込んだ。

「……悠仁さん、あなたは誰ですか？　そして、鬼なんですか？」

笑いをおさめた悠仁は顎に手を当てて、こちらをみた。

「まさか、直球で聞かれるとは思わなかったなあ」

こちらを見る、その目は赤い。

「……鬼」

呆然（ぼうぜん）と呟（つぶや）いた透子は、自分が持ってきたものを思い出した。守（まも）り姫（ひめ）の使う鏡。

二人は鬼だと思う、と千尋は言った。だからこの鏡で二人の力だけを封じて――鬼としての姿を現してもらう予定だったのだ。

あっさりと認められてしまった以上、手鏡の出番はないが……。

だが、この手鏡で本来の使い方をすることもできる。それに二人を封じて……。そこまで考えて、いや、と透子は躊躇った。白井兄妹を封じる？　友達の桜を？　鏡を取り出すべきなのか？

混乱する透子の手に、桜の白魚のような手がそっと重ねられる。

「透子さん、それは出さない方がいいわ」

「桜ちゃん」

にこっと微笑んだ桜が瞼をあける。

深紅のように赤い瞳にみつめられ透子は息をのんだ。

「あなたが鏡で私たちを封じるより、私があなたの喉を裂く方が何倍も速いわ、守り姫」

白い手から鋭い爪が伸びる。

透子はじっと桜と見つめあった……。鬼。桜が。

「驚かないのね？」

微笑む桜を、透子はまじまじと見た。

驚いてはいる。恐れてもいる。けれど、それ以上に「やっぱりそうだった……」という気はしている。透子は桜と悠仁を見た。

「教えてください。あなた達は誰ですか？　少なくとも、年齢や名前を偽っていますよね？」

「いつ確信したのか、教えてほしいな」

にこやかに悠仁に問われて、透子は口を開いた。

「秋の文化祭の頃から、やっぱり疑いがぬぐえなくて。……この前桜ちゃんが泊まりに来た時に、疑いが高まりました……あまりにタイミング良すぎるし、桜ちゃん『ギオウ』って鬼の名前を呼んだでしょう？」

「……そうだったかしら？」

桜は小首をかしげて呟いた。

だいふくが心配そうに桜を見上げて「うなん」と泣いている。

「馬鹿だね、二人とも。こんな夜更けに二人で来て。鬼に食い殺されるとは思わないの？」

「守り姫と神坂の本家のご子息ですもの。このまま、手土産として仲間の所に持っていったら、喜ばれるかもしれないわ」

二人の穏やかな口調での脅しに千尋は首を振った。

「さすがに二人で来たりはしませんよ。外には千瑛（ちあき）がいるし。俺が今夜、星護神社に戻らなかったら和樹が……」

「君のお兄ちゃんが？　鬼狩りたちを連れて攻めいってくる？」

千尋はいいえ、と首を振った。

「ネット上にあなたの写真と経歴を面白おかしくばら撒きます」

「……はっ？　ネット？」

予想外の言葉だったのか、悠仁は素っ頓狂な声をあげた。

桜も隣でポカンとしている。

「あと、学術書の出版社とか翻訳業界にもあなたのことをリークしようかなって目論んでいます。俺がやっても意味はないだろうけど、千瑛はああ見えて割と大きな会社に顔が利くんです。……あなたが昔、大学の研究生で『白石悠仁』だった時も翻訳家をしていましたよね。そういう仕事が好きなのかなって、予想したんで」

「それは、まあ……好きな仕事ではあるね」

「ここで姿を消すにしろ、人間社会で生きていくのはお金が要りそうだし、今後、そういう業界で働けなくなるのって……困りますよね？」

「待って……」

「あと和樹にあなたの給与口座がどこかこっそり調べてもらいました。……圧力かけて口座を凍結できる人がいないか、探してみようかなとか思っています」

神坂の一族には大きな銀行の重役がいたな、と透子は思い出していた。

「えええ……。違法じゃない……？　待って、待って……！　それ、普通にひどくないかな？　鬼狩りらしく、鬼を退治しようとか、そういうこと思わないわけ？」

千尋は首を傾げた。

「だって、俺、鬼狩りじゃないですもん。無理です」

「いや……、それにしてもやり方が卑怯じゃない？　法律に違反してない？」

「鬼って法律で裁かれるんですか？」

思わず透子が突っ込むと、悠仁がやってられないよね、とばかりに天井を仰いだ。

「僕は納税者だよ。酷いな！」

おどける様子に千尋が微笑む。

「ヒントを残しすぎて迂闊ですって言いたいけど。わざとですよね？　白石兄妹の写真も、そもそも見えるところに飾る必要はなかった。あそこにあったのは俺たちに見せるためだ」

透子も同意した。

「それに、桜ちゃんは学園祭の時も助けてくれたよね？」

「そうだったかしら？」

桜がとぼけた。

「柴田先生に襲われた時も私を助けてくれたし、体育館で先生に襲われた田中さんは『誰かが助けてくれた』……って言っていた。あの時、桜ちゃんも体育館にいたはず。この前の神社への襲撃も……ひょっとしたら鬼に私が帰ってくるって情報を流したのは桜ちゃんだったかもしれないけれど、それを知っていて、守りにきてくれたのかなって」

桜は答えない。——が、反論しないところを見ると図星だったのかもしれない。

「それが善意だとでも？」

「なにか目的があるにしろ、悪意じゃないと思いたいなって」

「私とあなたの間に友情があるとでもおっしゃりたいのかしら、守り姫」

桜は高慢にツンと顔を逸らす。

その仕草がいつものように可愛くて透子は笑ってしまった。「どうだろう？　私、陽菜ちゃんと桜ちゃん以外に仲良しの友達っていないから。よくわかんないな。そうだったらいいな、と思っているんだけど」

桜は口をへの字に曲げた。

「……全く、人間ってどうしてたまにこうも甘っちょろい事を言うのかしらね！」

いやね、といつもの調子で桜は自分を掌でぱたぱたと扇いだ。

「どこで確信を持ったの？　私、うまく人間を演じていたと思うのだけど」

ぼやきに、透子はまた少し笑ってしまった。桜があまりにもいつもどおりで気が緩む。

「……うまく演じていたかどうか、は疑問だと思うよ、桜ちゃん。だって桜ちゃん、ちょっと浮世離れしているもの……最初に鬼じゃないかなって疑った時、妙に納得しちゃったし。……桜ちゃんが世間とずれているのは、鬼ならしょうがないなって」

まあ！　と桜は立ち上がった。

「失礼ね！　それを言うならあなただってそうよ！　今の若い子は浮世離れとか言いませんから！　透子さんは年齢の割に、語彙が古いのよ!!」

「……そ、そんなことはっ……」

ひそかに気にしていることを言われて傷つくと呆れたように悠仁がため息をついた。

「いや、おそらく、二人とも……ちょっと普通とはずれていると思うよ」

「ははっ、そうかも」

千尋にまで同意されて、透子の頭にガン、と殴られたような衝撃が走った。

千尋はごめんっと透子に謝りながら白井兄妹を見た。

「俺たちを殺そうと思えば簡単にできたのに、そうせずに、わざわざヒントをばら撒いて俺たちに鬼だと匂わせたのはなんでかな、って考えたんです……」

くっと笑った悠仁が続きを促す。

「――どうしてだと？」

「鬼だと暴かれたかったっていうか、俺たちに気づいてほしかったんじゃないかな、って考えています。そのうえで、何か交渉事があるのかな……って」

白井兄妹は再び視線を交わした。

「……そうだ、って言ったらどうする？」

透子と千尋は悠仁を見た。

「力を貸してくれませんか？　鬼がどこにいるか知りたい。千不由さんを捜したいんです」

「悠仁さんたちが望むことはわからないけど、俺が出来ることがあれば協力します」

「あら、千尋くん。私たちを信じるの？　私たちは鬼ですのよ？　協力するふりをして、貴方(あなた)たちを裏切るかもしれないわ」

二人の言葉を桜が茶化す。

その瞳はすっかりいつもの明るい茶色に戻っている。

「正直ちょっとだけ怖くはあるかな。だけど俺は白井を信じてみたいと思う」

桜は苦笑した。

「……そうね。信じるかどうかは別にして、私は人間と敵対するつもりはないの。ですから……」

白井兄妹はそろってリビングの入口を見た。

「物騒なものをしまって、こちらにおいでになってくださるかしら。千瑛様も」

千尋と透子が視線につられてみると険しい顔で千瑛が立っていた。

「千瑛！　家の外で待つんじゃなかったのか」

「待てるかっ！」

呑気な口調に突っ込んでから、千瑛は鬼と二人の間に身を滑り込ませた。

「この距離で威嚇しても無駄だと思いますよ、千瑛さん。やろうと思えば君たちくらい、すぐに何とでも出来る」

悠仁の軽口を千瑛は無視した。

「正体を知られちゃった以上、僕たちはあなた方を無事に家に帰すわけにはいかない」

「……だったら、僕たちを殺すと？」

千瑛の周囲の空気がひりつく。悠仁は全く動じずに笑った。

「でもそうすると、僕の個人情報がばら撒かれるわけだよね？　正直それは避けたいなあ。……今の職場も生活環境も気に入っているし、手放したくないんだ」

透子は、じゃあ、と悠仁に問いかけた。

「協力をしてくれますか？　千不由さんをさらった魏王たちの居場所を知りたいんです」

悠仁は桜を見た。

桜は仕方ないわねとばかりに肩を竦める。

「鬼は鬼の居場所がわかる。……って言ってもあいつらも気配を隠しているから『あそこにいるだろうな』ってのがわかるくらいだけど」

「捜せない、ですか？」

「捜せるよ、だけど条件がある」

「条件？」

悠仁は千瑛を指さした。

「鬼……、僕たちだって一枚岩じゃない。神坂本家と紫藤家、斎賀や歌谷が決して以前のように同じ方向を見ているわけではないように」

「我々の分家までよくご存じで」

「皮肉な事に、僕は千瑛さんよりも鬼狩りとの付き合いが長いもので。いろいろと詳しい」

ここは笑うところだろうか、と透子と千尋は首を捻った。

「魏王と秋華は、我らが首魁の心臓を盗んだんだろう？」

——知っていたのか、と千瑛は苦い顔をした。

しかし、ある程度は予想していたのか、ええと頷いた。

「魏王たちがどうして今更、心臓を盗んだのか、神坂の人間はどう考えているのかな」

「——力を得るために首魁を蘇らせたいのか、と」

悠仁は頷いた。

「半分当たりで、半分外れかな。すぐに力を得るのは無理だろう」

「と、いうと？」

「心臓は歴代守り姫から強固な封印を施されている。早々の復活はできないさ」

啓吾たちと悠仁の見解は同じようだ。

「だけど、鬼は心臓の封印が解けたら、自分たちで喰(く)らうつもりなんですよね？」

「どうだろうな。あの方の心臓を喰らって平気な者など、鬼の中にはいるはずもない」

「そういうものなんですか？」

「心臓を喰らって生きていられるのは、直系の子孫だけだろう」

直系の子孫、と透子は繰り返した。

「ただ、首魁の心臓が近くにあれば鬼たちの力は増すだろうなあ……」

悠仁が透子と千尋をじっと見た。

「まあ、たとえ力が得られなくても、長い時間をかけたとしても、同胞たちはなんとしても首魁を蘇らせようと画策するはず」

「どうしてですか？」

「——透子さんにはわかりづらいかもしれないけど、首魁はすべての鬼にとって慕わしいモノ。首魁は鬼のはじまり。すべては彼が生まれたことから始まった——そういう意味では、親みたいなものだから、かな。魏王や秋華は特に親孝行な息子で、僕と桜は……そりがあわず勘当されたと思ってくれたらいい。彼らは首魁を蘇らせて人間を蹂躙(じゅうりん)し、社会の混沌(こんとん)が見たいという。愚かだよね。僕はごめんだ」

桜も悠仁の隣で脚を組み替えた。

「私たちは首魁に感謝はしていますが、これからも一緒に生きることは望みませんの。考えの不一致でもめて、魏王たちとはここ数百年、道を違えているのですわ」

愛らしい少女にしか見えない桜が、さらりと過ぎた年月を口にする。

「先日、いきなり現れて協力しろって言われたときも断ろうとおもったんですのよ?」

「でも、無下にするとあいつら——すぐ怒るからね。協力するようなしないような、とのらりくらりとしていたらこうなった、ってわけ」

「いったんは協力すると言って何かあったら透子さんたちを守るつもりはありました」

どうして? と透子が不思議に思いながら兄妹を見ると、桜は肩をすくめた。

「私は今更、人間と敵対するつもりはないの。いまの日本にヒトの形を保った鬼はせいぜい百かそこらしか存在しないわ。億を超える人間を敵意に任せて蹂躙したところで、何が得られるの? 生きづらくなるだけでしょう」

「理由なき人間への攻撃は無駄な混乱と悲劇を生むだけだ……。多数派であることはどの時代でも暴力的なまでに正義だよ。人間全体を敵に回してマイノリティな僕たち鬼が生き残れる気もしない……——それに、正直なところ人の世に仇を成すには僕と桜は……この社会に馴染みすぎた」

悠仁は俯いてまた視線を上げた。

その瞳は人間と同じ色に戻っている。

「僕たちは人間を害さない。――鬼狩りも僕たちを脅かさない。そう誓ってくれるなら協力してもいい。まあ、まずは秘密裏に。君たちと紫藤新（あらた）くらいと友好関係を結びたいかな」

千瑛は押し黙った。

口約束でどこまで悠仁を信用できるのか、と考えているらしい。

「信用できないなら誓約書でも書く？」

くつくつと笑った二人に、千瑛は眉根を寄せた。

「――あなた方が名前を教えてくれるなら、信じますよ。僕も家名に……、いや自分の名前に誓ってあなた方と不可侵の関係を築くと誓う」

ぴり、とまた空気がひりつく。

千尋がこっそりと透子に耳打ちしてくれる。

「鬼は、あまり本当の名前を明かさないらしいんだ。神坂の一族の中には名前を媒体に鬼を呪う者もいるから。……魏王や秋華みたいな強い鬼は、そんな呪いなんて大して効かないから平気で名乗っているんだろうけど……」

それでも、鬼が名前を呼ぶのを許すのはよほど信頼した間柄だけ、らしい。

しばしの沈黙のあと、悠仁は立ち上がって千瑛と距離を詰めた。

一瞬身構えた千瑛はそれでも背後にいる千尋と透子にちらりと視線を寄越（よこ）して一歩も引

かずに対峙する。

「東雲」

「静月」

悠仁と桜が短く言い、それが二人の名前だと気づくのに数秒かかった。

差し出された手は握手のためだったらしい。にこやかな悠仁に千瑛は頬を引き攣らせながらも握り返す。

「よろしく、神坂の同胞よ」

「……同胞ってなんのことです……」

「君たちも元をたどれば僕たちと同じ、ということさ。まあいい、せいぜい仲よくしよう」

「決裂しないことを願っていますよ」

その背後で、透子と千尋がほっと胸をなでおろす。悠仁はソファに身を預けて悪戯っぽく透子と千尋を見た。

「がっかりした？　透子さん。僕が鬼で」

「いえ。……もやもやが晴れて、すっきりしています」

「そう？　ならばよかった。千尋くんにも適当なこと言ってごめんね。僕が留学していたのは嘘じゃないけど……なにせ昔の事だし、最新の情報を調べた方がいいと思うよ」

千瑛が鬼の進路指導……と天井を見てぼやき、千尋が、ふ、と息を吐いた。

「ありがとうございます。また教えてください。ええと、……東雲さん、と静月って呼んだ方がいい？　月に雲、でなんか綺麗な組み合わせだけど」

「馬鹿、気安く口にするな」

千瑛がぎょっとしたのとは対照的に鬼たちはなぜかくすりと笑った。

悠仁は目を伏せた。

「好きな方で呼んでよ。……いい組み合わせ、か。そう言われるのは懐かしいな」

「懐かしい？」

悠仁は思わず透子がドキリとするほど、優しく微笑む。

「都が京都から東京にうつったばかりの頃、僕には息子がいてね」

「息子、ですか？」

「……と言っても、鬼に子供はめったにできないから、人間社会に溶け込むために気まぐれで拾った人間の子供だったんだ。数年たったら小金を握らせてどこかにやるつもりが……、愚かな事に僕は息子に情がわいた」

千瑛が疑わしそうに悠仁を見ている。

「信じてくれなくてもいいよ。ただ、長い間人間の真似をして生きていると、感性もどうしても人間寄りになるのさ。……息子は賢くて父親思いで、よくできた子でさ。……息子も僕と静月の名前をいい組み合わせできれいだな、ってよく褒めてくれた」

悠仁は懐かしげに千尋を見た。

「息子が死ぬ前、僕はあの子と約束をしたんだ」

わずかに悠仁の瞳が揺らぐ。

「息子は鬼狩りと秋華の争いの巻き添えになった。その時、たまたま秋華と一緒にいた僕を案じて追いかけてきて。僕があの程度の鬼狩りや秋華ごときを相手に死ぬわけなんかないのにね。賢いくせに馬鹿な子で……。気まぐれに優しい子に育てたせいで、僕を心配しながらこの腕の中で、死んだ」

微笑んでいるが、声は湿っている。

「死に際、自分が死んでも誰も恨むな、無為に人間を殺すなって言いつけられてさ。そうしたらまた会いに来るから、って。僕は仕方なしにそれを承知したんだけど……」

「……だから秋華たちとは一緒に行動しない、ってことですか？」

透子の問いかけに、そうかも、と悠仁は応じた。

「他愛もない約束だけど、僕はそれに縋ることにしたんだ。二度と人間を殺さない。人間を脅かす首魁の復活は望まない。そうすれば、また息子と会えるかもしれないからさ」

何と言っていいかわからず、透子たちが沈黙していると桜が口を尖らせた。

「真に受けなくていいですよ。鬼も人も死ねばそこで終わりで、生まれ変わりなんかないわ──東雲はロマンチストなの。馬鹿ともいうけど」

酷いな、と悠仁が苦笑する。

千尋がポツリ、と言った。

「息子さんに会えるといいですね。きっとどこかにいると……、俺も信じます」

「僕もそう、願っているよ」

悠仁と千尋を見ながら、透子はすみれの言葉を思い出していた。

──あんなに楽しそうな悠仁先生、はじめてみたかも。

ひょっとしたら彼の「息子」は千尋に似ていたのかもしれない。

しんみりとした空気を千瑛が仕切りなおした。

「協力いただけるなら早速、頼りたい。千不由がどこにいるか、教えてくれませんか？」

＊

「まじか……」

星護神社に戻り、待機していた和樹に事の顛末を説明すると、彼は頭を抱えた。

千尋と透子をはさんでニコニコと微笑んでいる白井兄妹に向かって不機嫌に吐き捨てた。

「なんで連れて来るんだよ！」

「……協力してくれるっていうから」

「こんな近くに鬼がいるなんてな。人間世界に平然と交ざってやがる。厚かましい」

舌打ちされた桜が半眼になる。

「鬼狩りが、たいしたことないのがまずいんですわ。あんなに何度も会ったのに、私たちの正体にちっとも気付かないんですもの。精進なさいな、坊や」

鼻で笑われて地味にショックを受けたらしい千瑛が胸に手を当てている。

「白井先生が鬼だったとはね。……千瑛と千尋はともかく、うっかり俺は、ネットにあることないこと書くかもしれませんよ」

悠仁が両手を上に向けわざとらしくお手上げというジェスチャーをして見せた。

「いいけど。僕も仕返ししようかな」

「仕返しですか、面白い。ここで闘(や)る？」

和樹のあおり口調にアハハ、と悠仁は笑いつつ唇に人差し指を当てた。

「猫を被(かぶ)っている君の、学内での悪行を掘り起こして、紫藤新と神坂千瑛と千尋くんに報告しよう。なんなら今知っているネタだけでも披露してあげようか、和樹君」

和樹はサアッと蒼褪(あおざ)めた。

「……うっ……。大っ変失礼しました。仲良くしましょう、白井先生っ……!!」

「和樹さん、大学で何をしているんですか……？」

呆れる透子をうるせえ、と睨んでから、で？　と和樹は白井兄妹を見た。

「千不由は――、魏王たちはどこにいるって？　教えてくれるんだろ？」

「せっかちな男。千尋くんとは大違い。千尋くんも透子さんも一緒に行ったじゃない。この星護町でもっとも鬼の気配が濃く、神坂の家からは見捨てられた場所があるでしょう？」

謎かけのような言葉に透子は記憶をさぐって、あ、と声をあげた。

「見捨てられたっていうと、おひいさま……の神社？」

「ご明察。あそこはこの町で一番鬼の気配が色濃いもの」

透子はあの神社で見た幻覚を思い出した。

鬼が、自分の妻だった「おひいさま」を詰る声を透子は確かに聞いたように思う。

「行ってみようか」

千尋が言い、千瑛が「まずいな……」と呟いた。

「どうしたんですか？　千瑛さん」

「あそこの神社は、知り合いが今夜捜しに行くって言っていたんだ。本当に鬼がいるなら、彼らではかえって危険だ。戻る様に連絡を――」

千瑛がスマホを取り出した瞬間、狙いすましたかのように着信音が鳴った。

彼は難しい顔で何やら報告を受けると渋面で鬼たちを見た。

「どこから、どんな報告がありました？」

千瑛は難しい顔のまま、言った。

「……おひいさまの神社に千不由がいたって」

「よかった！」

千瑛は難しい顔でスマホをしまう。

「あまり、よくない。千不由を保護しようとした鬼狩りを、千不由が傷つけたらしい——まるで鬼のようだった、と」

その場にいた人間たちは啞然とする。和樹も動揺している。

「千不由の能力は治癒だぞ？　誰かを傷つける異能じゃない」

「ふふふ、あそこで魏王は試したんでしょうね」

「試した？」

桜の言葉に、千瑛の眉間に皺が寄る。

「攫われたのは本家のお嬢さまなのでしょう？　だったら魏王と秋華は、心臓の力を彼女が受け継げるか、まずは試すはず。首魁のそれを取り込ませてね」

試す、という言葉に神坂家に連なる三人が訝しげな顔をする。

「さっき、鬼の力は受け継げないと言ったばかりでは？」

千瑛の指摘に、うふふ、と桜は笑った。

まさか、と透子は声を上げ、にっこりと桜が微笑む。

「そう。直系の子孫ならば鬼の心臓を喰らっても生きていられると言ったでしょう。――神坂の一族は首魁の子供たち。守り姫――その初代と我らが首魁の子供。それが神坂家の正体よ」

第六章　暴露

昔、昔……平安末期の頃。

海辺の神社に夫婦が住んでいた。

夫婦の間には姫があり、姫はまばゆいばかりに美しかった。

姫の両親は「いつか殿様に娶らせよう」と大事に姫を育んで——閉じ込めていた。

そんなある日、恐ろしい鬼が気まぐれに神社に立ち寄って姫に気付いた。美しいものが大好きな鬼は姫を一目見て気に入って「神社から連れ去ってやろう」と持ち掛ける。

姫は貧しい鬼とは一緒に行けない、私を望むなら財を見せろと言ってそれを拒む。

鬼は姫が喜ぶならば、と、自分が貯めた刀剣や金塊など、宝を山ほど持ってきた。

姫は鬼の住む遠いところまで歩いては行けないと言って、鬼と一緒に行くのは嫌だと拒む。鬼はそれならば、と黒毛の馬や立派な船を神社の近くに持ってきた。

姫は、今度は鬼や鬼の手下の見た目が醜いのが嫌だと拒む。

鬼たちは美しい公達や姫君の皮をかぶって現れた。姫は彼らの姿を気に入り、婚姻をようやく了承する。

姫は婚姻の宴(うたげ)を開くと言い、鬼は姫のすすめるままに飲んで歌って舞って泥酔し――。

「伝承とは実に人間たちに都合よくできていると思わないか?」

寂れた海辺の神社で、細身の男は呟いた。秋華(しゅうか)だ。

目の前には青白い顔をした娘が美しい着物が汚れるのも構わず、地面にひざをついてうずくまっている。

神坂(かんざか)本家の娘は美しかったが、記憶にある忌々しい女とはあまり似ていない。

守(まも)り姫(ひめ)。

神坂のはじまり。秋華が敬愛する鬼の首魁の妻だった女は、透き通るような白い肌に美しい黒髪をしていた。

どちらかといえば……と秋華はつい先日見た少女を思い出していた。

神坂の家で見た幼い方の「守り姫」に似ている。

「お前たちの祖先は……、初代の守り姫は偽りの愛情で我が首魁を籠絡した」

戦乱の世に飽きていた鬼の首魁を誘惑し種族を超えて夫婦となり、女の鬼ですら孕(はら)まなかった彼の子を生(な)して、彼女も彼女の子も絶大な異能を譲り受けた。

「それなのに……」

ぎり、と秋華は奥歯をかみしめた。

首魁は守り姫とその子供たちを愛して富も力もすべて与えてやった。

それなのに、守り姫は最後の最後――首魁が人ではなく鬼として生きると決めたがゆえに……、秋華はぎりり、と奥歯を噛みしめた。

「裏切って――あのお方を無残にも殺したのだ」

そのうえ心臓を神坂の本家に封じ込め。そのほかの身体は子供たちが食らった。

秋華や魏王、東雲や静月といった首魁の側近たちも初代の守り姫のせいで数百年の時を封じられることになった。

ようやく初代の封印が弱まった戦乱の世、秋華たちが目のあたりにしたのは弱体化した鬼の同胞と「悪しき鬼を打倒した一族」と詐称し、権力と栄華をおもいのままにする鬼狩りの一族……同胞を屠ることを生業にしている神坂の一族だった。

「おぞましい一族め。恥を知るがいい」

「……しらない、わ……私のせいじゃないもの……」

どこかうつろに呟く千不由の髪を秋華が摑んで無理やり上を向かせた。

「そうとも、娘。おまえのせいではない。だが神坂にうまれたのがお前の罪。せいぜい、生まれたことを悔やむといい。――あの女の責は負ってもらう」

虚ろな目に涙が光るのを鼻で笑って秋華は彼女に命じた。

その手の中には黒い小さな欠片がある。

芦屋真澄(あしやますみ)は秋華と魏王が神坂本家を襲撃した際に、術を使って首魁の心臓を水晶化した。彼女に封印を解かせようと水晶化した心臓と共に連れ去ったが、真澄自身は深い眠りについている。何をしても目覚める様子はなく、さらに忌々しいことに魏王や秋華でさえ傷つけることができない……。心臓の封印が解ける事も無い。

それでも、水晶になった心臓のわずかひとかけらを、秋華たちは切り離すことに成功した。あの方の一部を傷つけたことにはひどく胸が痛むが――おかげで、試すことができる。

「忌々しいことに、芦屋真澄にあの方の心臓は封じられたまま。使えるのはこれだけ、だ」

黒い水晶の――首魁の心臓の欠片を手に取って秋華は千不由を眺めた。

「あの方の力は直系の子孫しか受け継げない。――お前は、神坂の人間が真(まこと)にあの方の力を受け継ぐことができるか。その試金石となれ」

「……い、いや……」

嫌がる千不由の口をこじ開けて無理やり欠片を飲み込ませる。

千不由は喉を押さえてえずくがどうしてもそれを吐き出せずにその場で転げ回った。かはっ、と胃液をはいて苦しげにぜいぜいと息をする。

「名誉と思いこそすれ、何を嫌がる必要がある？　それにおまえは神坂の一族を恨んでいたんだろう？」

「恨んで……っ、なんか」

秋華の手が頭を撫でる。

「思い知らせてやるといい。おまえにはその能力も権利もあるのだから——」

「あ……っ……！」

千不由が呻く。

「き……きらぃぃっ……皆、嫌いっ……大っ嫌いよ……私ばかり……！」

どんなに尽くしても向けられるのは敵意だけ。利用されるだけ。うわべの言葉だけ。

父母も兄も、一族の誰も千不由には本物の何かをくれない。

「みんナぁっ——キラィッ……だい、きらっ……ィィィ!!」

渦巻いた憎悪を抱えて、千不由が叫んだ。

その目は、ぬらぬらと血で濡れたように赤い……。

＊

千不由が「おひいさま」を祀る神社で見つかり——だが、それと同時に鬼狩りを傷つけて去った、という報告に星護神社にいた面々は絶句した。

「彼女を保護しようとした人に、千不由が爪で斬りつけて怪我をさせた」

千尋と透子は絶句した。華奢な千不由が大の大人に傷をつけるなど通常では出来るはずがない。しかも、爪で。

「千瑛、怪我した人の容体は……？」

「病院。命に別状はない、ってさ」

しかし、なおも千不由を捕らえようとした一族の人間の追跡から逃れ、その場から千不由は立ち去った。和樹は苛立たしげに舌打ちする。千不由に傷つけられたのは紫藤家の人だったらしい。

「よりにもよってなんで紫藤家が巻き込まれるかな……！」

「千不由さんが、素手で……人を襲った？　神坂の人を？」

魏王たちに攫われる直前、千不由はひどく傷ついていた。

父親に叱責され、友人と思っていた葵や楓にも否定されて自分の居場所が無いように感じたのだろうか。それを恨みに思ったのだとしたら、神坂の人間に危害を加えても仕方ないのかもしれない。

白井兄妹は現場を見てくる、と言い残し星護神社を去った。

「千不由さん、どこにいるんだろう……。怪我をしないうちに見つけないと」

透子の言葉に千瑛が渋面になる。

「千不由自身も心配だけど、彼女が誰かに危害を加える可能性があるのも怖いな……星護町には神坂の関係者も多いから当然、千不由の顔を知っている人間もいる──もしも道ですれ違って声をかけたりしたら……」

最悪な状況を想像して透子はきゅ、と唇を噛んだ。

スマホの着信を見て千瑛が、はあ、とため息をついた。

「真千さんから連絡だ。本家の近くで千不由さんを見かけた、って──僕と和樹は本家に戻る。白井兄妹にも加勢を頼むし……。──透子ちゃんと千尋は、今日は星護神社にいること。星護神社の周囲は念入りに僕と新さんが結界を張ったし。おかしなことはないと思うけど……外に出ないようにね」

「私も……何か」

透子は鏡を握りしめたが、そのまま何も言えなくなった。

千不由が今どういう状態なのかわからない。透子に出来るのは鬼を鏡に閉じ込める、だけだ。……それでは意味がない。

「安全な場所にいる、ってのが今できる一番の事だよ。大丈夫、千不由を保護したら何とかなるさ。たぶん」

千尋とだいふくと星護神社に残された頃には、あたりはすっかり暗くなっていた。

「千不由、鬼になっちゃうの？」

だいふくが首を傾げる。

「……そうじゃない、と思うけど……」

桜（さくら）と悠仁（ゆうじん）は「せいぜい一時的に身体が鬼に近づくくらいだろう」と言っていたが、本当に大丈夫だろうか。

なんとなく寝付けなくて透子は縁側でじっと空を眺める。

今日は満月だから南の空が明るい。

「寝ないのか、透子」

「うん。――千瑛さんから連絡があるまで待っているつもり。どうせ眠れないし」

千尋は透子の隣に腰かけた。

「千尋くんは眠らないの？」

「俺はショートスリーパーだし。それに色々と衝撃的な事が多くて、眠れないや」

二人して月を眺める。

「神坂の祖先は鬼か」

桜と悠仁が言っていた話を思い浮かべる。

鬼の首魁（しゅかい）と守り姫は夫婦で、その子供たちが鬼狩りになったというものだ。

そして、守り姫は夫を裏切って殺した。

「二人の話が本当だとしたら鬼の怒りも少しわかる」

「千尋くん……」

「少し、ってだけだよ。はじまりがどうあれ鬼が現在でも何の関係もない人たちに悪意をぶつけて、神坂がそれを防いでいるのは間違いない……だけど」

千尋は顔を膝にうずめた。

「種族を超えて恋仲になるくらい好きだった相手を殺すって怖いよな……。昔、なにがあったんだろう」

しんみりとした時、だいふくが透子の膝の上でぴくり、と立ち上がった。

「誰か帰って来たよ！　神坂の人の気配！」

「千瑛さんかな？」

透子が立ち上がり、だいふくがうきうきと廊下をかけていく。

「ちあきい、おかえりぃ」

チャイムが鳴って「はい、今開けます」と小走りに駆けて行こうとした透子の腕を、千尋が引いた。

「待て、行くな。だいふくも、戻れッ」

「……千尋くん？」

きゅっと廊下で止まっただいふくを千尋は手招いた。

「……ええ!?　だいふく、急ブレーキするね……？」

千瑛から受け取った刀を手に取って、最近は肌身離さず付けている手首の数珠に触れた。

「──千瑛なら鍵を持っている。こんな深夜にチャイム鳴らすような奴じゃない」

「じゃあ、誰が……？」

透子の言葉を遮るように、ぴんぽーん、と明るい音でチャイムが鳴る。

「鬼、じゃないよね？　だって、千瑛さんと新さんが結界を張ってくれたって」

「……そのはずだ。透子、スマホで千瑛に連絡できる？」

「うん。……あ、千瑛さん……」

『透子ちゃん、どうかした？』

「あの、なにか──」

チャイムが執拗に鳴らされて、ふっ、と止む。

ぱしぃん、と静電気のような大きな音が響き、家の電気が一斉に消えた。

「うわっ」

「きゃっ」

「にゃんっ」

家全体に何かびりびりとした空気が流れて、透子はスマホを床に落とした。痺れた手で、慌てて拾うが、画面がブラックアウトしてしまっている。

ガシャンッ、と大きな音がして、しっかりと閉じていたはずの玄関が呆気なく吹き飛ばされている。身構えた透子を庇うように千尋とだいふくが立った。

深夜、暗闇、玄関先の頼りない街灯に照らされた人影が、ぽつりと呟いた。

「――以前から思っていたのだけど、星護神社の建物は古いわ。お父様に建て直しを頼んだらどうかしら……？」

透子と千尋は玄関先に立つ少女に視線を定めた。

「……千不由」

「どうしたの？　千尋くんったら怖い顔ね」

「深夜にいきなり玄関破壊されたら、誰でも怯えるだろ。どんな用件だよ」

くす、と千不由は袖で口元を押さえた。

可憐な表情はいつもと変わらないが、着物はあちこち泥に塗れて汚れている。

「千尋くんに会いたかったの」

こちらを見る目は赤い。千尋は刀を構えた。

街灯がジジジ、と音を立てる。

「――千不由が来るべきなのは星護神社じゃない。啓吾さんもみんなも心配して千不由さんを捜している。本家に帰るといい」

「私を捜しているの？　どうして？――もう私なんて不要なはずなのに」

悲しげに斜め下をみた表情に透子の心は動かされそうになる。だが、動きそうになる透子を押し止め、千尋は冷たく言い放った。

「——なぜって、千不由が人を傷つけたからだろ。紫藤家の人を！」

ああ、と千不由は首を傾げた。

「そうだったかしら。……ああ、あの男、思い出した！　分家の分際で……たいした鬼狩りでもないくせに、私に馴れ馴れしく触って家に戻れって命じたのよ？」

千不由は憤慨している。

思い出して腹が立ったのかガリガリと尖った爪で掌を掻き、薄い皮膚を破って血が流れる。千尋は冷や汗をかきつつもゆっくりと距離をとり、彼女に尋ねた。

「魏王たちに、何をされたんだ」

「魏王？　だぁれ？」

「本家に侵入した鬼だ。千不由を攫った」

ぽん、と少女は手を打った。

「私はおまけなの。私はついでに攫われただけ。だからもう用無しなんですって。だけど……、お詫びにって美味しいものをくれたのよ。力が湧いてくる……」

ウットリと少女は顎に手を当てて目を閉じた。

「おまけ？」

透子は繰り返しつつ、鬼たちが本家を襲撃したことを思い出していた。あの時、そういえば鬼は「二人を連れてさっさと帰るぞ」と言っていなかったか。

千不由と。あとひとり、とは誰だ……？

「そう、なんでもやりたいことをしなさい、って」

「やりたいことって？」

千尋の声に少女は楽しげに話した。

「街を自由に歩くこと！　お供の人なんかいないままで！　それと、買い食いをすること……！　道端の猫を触ったり、木々に触れたり」

「千不由……」

千尋が痛ましげに名を呼ぶと千不由ははしゃいだ。

「それから、星護神社にふらりと遊びに行くの！　千尋くんに会いに！　そして……」

可憐な千不由の表情がガラリと変わる。彼女は玄関先にあった花瓶を取り上げると透子めがけて、力一杯投げつけた。

「きゃ！」

ガシャンっ！

すんでのところで避けると、大きな音を立てて花瓶が割れた。

「透子！」

転んだ透子の手を引いて千尋が駆け出す。逃げ出す二人に千不由は激昂した。

「本当にやりたいことを、思い出したの。星護神社に行って、千尋くんと会う……。違う、守り姫を殺す……」

千不由は首を振る。

「違う、守り姫なんかどうでもいいわ、芦屋透子、芦屋透子なんて嫌い!! その場所は私のものなのに！ 千不由のものなのに！ 千尋くんもお父様も、あの人も、あなたばっかり気にして……！ 大っ嫌い！」

「千不由さん……」

千不由は泣いている。子供のように泣きじゃくりながら透子を詰っている。

嫌われているのは知っていたが、そんなにも激しい感情だとは思っていなかった。瞳は赤、爪は伸びてまるで鬼のように恐ろしいのに、泣く姿は幼子のように稚く、哀れを誘う。

「透子。引きずられるなよ」

鋭く千尋が名前を呼んだ。

「う、うん……」

「千不由はいつもあんな感じじゃない。たぶん、鬼のせいで錯乱しているんだ……。鏡、持っている？」

「いつも、持ち歩いている」

「じゃあ、籠の中に彼女を閉じ込められるか？ 千瑛に電話はしたんだ。持ち堪えささえすれば、きっと、助けに来てくれる」

本家は星護神社の隣の市にある。車で三十分はかかるだろう。それまでなんとかするしかない。

「……うん」

千不由は千尋を見た。

「秘密の話を私の前でしないで！　陰口は嫌いなのよ」

千不由が猫のように飛びかかる。千尋は躊躇なく彼女の胴を刀の柄で殴った。呻いた千不由が大きく後ろに飛んで距離を取る。

「痛いわ!!」

千尋に向かって、千不由が何かを飛ばす。

柱が切れたけれども、それはなぜか千尋には利かなかった。

どうして？　と千不由が首を傾げた。

千尋も一瞬不思議そうに自分を見たが、気を取り直して少女に向き直った。

「意外だな。あなたは陰口ばっかり言っているイメージだけど」

辛辣な口調に、千不由は柳眉を逆立てた。

「大嫌いな透子を殺して、それで？　俺はどうする？　俺も殺すのかよ」

少女は笑った。

「殺さないわ。だって私は千尋くんが好きだもの。大事に大事に飾って眺めてあげる」

不快げに顔を顰めた。

「……置物じゃないっての。俺の気持ちはどうでもいいのかよ。それで好きだとか勝手なこと言うな」

千不由は微笑んだ。

「そうよ、どうでもいいのよっ！　あなたの気持ちなんて。だけど私はあなたをそばに置きたい。だって」

「だって？」

「千尋くんだって私と同じ。親にも誰にも愛されていないじゃない。お父さんは誰も愛してないし、美鶴さんは新しい家族に夢中。異能がないから一族でも立場がない。ねえ、寂しいでしょう？　誰にも必要とされてないなら、私が必要としてあげる。だから、私を選んで一緒に死んでよ」

千不由は笑っていた。笑いながら泣いている。

透子は違う、と反論したかった。

千尋が父母と折り合いが悪いのは事実だ。異能もない。

けれど千瑛や佳乃は千尋を愛して育てたし、和樹だって弟を大事に思っているのは見ていればわかる。本家ではともかく、学校に行けば彼の周囲にはたくさんの人が溢れている。

けれど、千不由は知らなかっただろう。

彼女は本家でのことしか知り得ない。

本家で蔑ろにされて窮屈な思いをしている千尋だけが千不由が知る真実だ。

千尋は、千不由とは違う、と喉元まで出かかった言葉を透子は呑み込んだ。

それを彼女に告げるほど残酷にはなれない。

「私が本家に行かなければ」

透子は心の中でつぶやいた。

本家を出ない千不由は、千尋のことをよく知らないままでいられた。

普通の高校生活を送り、透子のために葵や楓に口ごたえし、和樹と軽口を叩きつつも台所で盗み喰いをする千尋なんて、知らずに済んだのだ。

自分と同じ、窮屈で寂しい男の子。そんな子はどこにもいない。

それを思い知らずに済んだだろう。

「千不由さん、そんなの悲しいです」

透子は、たまらずに叫んだ。

「あなたに何がわかるって言うのよっ！」

「私も、以前は、ずっと悲しかった。居場所がなくて、自分の価値がないみたいに思えて、どこにいてもひとりで――だけど、今は星護に来て、皆に会って。違うって思えた」

――透子の孤独は癒された、その結果、千不由の居場所を奪ったのだとしたら、辛い。

「いいわね！　あなたばっかり得をしてっ――私はずっとひとりよ！」

「そんなこと――ずっと、なんてこと、絶対にないっ！」

「無責任なことを言わないでっ！」

ちゃんと言葉にできないのがもどかしい。もっと、千不由にかける言葉が何かあるはずなのに……！

千尋は言葉に詰まった透子と泣きじゃくる千不由を見比べて、ゆっくり口を開いた。

「俺は、千不由が嫌いだ――」

穏やかだがキッパリとした口調に透子は驚いた。千不由も涙を止めて固まっている。

「ち、千尋くんっ!?　こんな時に何言うの!?」

千尋は淡々と続けた。

「幼稚だし、我儘だし、強引だし、嘘つきだし、意地悪だし……」

酷い言いようだ。

「俺のことをよく知らないくせに置物みたいに欲しがるし。野球に興味ないし、小町を野良猫って悪口言うし。嫌いなところだらけだ」

野球に興味ないのと、小町の悪口を言うのは千尋にとって減点らしい。

呆気(あっけ)に取られている千不由に苦笑した。

「だけど、それを君に言わなかったのは……千不由の言う通りだよ。俺と君は似ているからだ。似ていて、嫌いなんだ」

「千尋くん……？」

「親父(おやじ)に必要とされたくて、千不由を利用した。君に会いに行けば親父は上機嫌だし、俺にその日だけは優しかったから。……少しでも役に立つ息子だって思われたかったんだよな。馬鹿みたいだ」

千不由が呻いて、うずくまる。

「…ぅぅ、う……」

頭が痛いのか、髪を掻きむしっている。

「葵と楓とも同じだ。利益のために君にお世辞を言って。そんな自分がいやで、もっと自分も君も嫌いになる。ごめんな。みんな、卑怯(ひきょう)だよな」

千不由は泣きじゃくった。

「そうよ！　みんな！　みんな大嫌い！　みんなっ……！」

「ちゃんと嫌うから」

千尋は手を差し出した。びくりと千不由は肩を震わせた。

「千不由を見て、ちゃんと言うから。君のどこが嫌いで、俺が何を好きなのかって自分の言葉で言うから。戻ってきてよ。俺は……。えっと、多分俺と和樹と千瑛は心配している」

その場に崩れ落ちて、千不由は沈黙した。

「私も！」

透子が叫んだ。

「……ちゃ、ちゃんと嫌いになります。ええと、傷を治してくれてありがとうございました！　だけど、いつも、いつも嫌みを言われて、言い返したいことといっぱいありました！　葵さんもたくさん文句があるって言っていました！　みんな呼びますから！」

うずくまったまま、千不由はぷっと噴き出した。片方の瞳が元の色に戻っている。

「冗談じゃない。なんで自分の悪口パーティーになんか、行かなきゃいけないのよ……」

弱々しく言ってから、千不由は自分の着物の袖口を眺めた。

「あのね、着物は好きなの。でも、もっと今時の柄が着たいの。お母様には下品だって怒られたけど。可愛(かわい)い柄がいっぱいあるの……」

「……うん」

「和食は好きじゃないの。本当は洋食がいい。ファーストフードを毎日食べたい」

「じゃあ、駅前のハンバーガー屋で集まろう」

「悪口パーティーを開催するの？」

「そう」

「……ふふ、馬鹿みたい……。絶対いやよ、そんなの……」

「奢るから。きっとそれなりに楽しいよ」

涙がポロリとこぼれ落ちて、宝石みたいに輝く黒い結晶が転がり落ちた。

突如として、理解する。鬼たちは首魁の心臓を千不由に取り込ませたと言った。その力はいま、瞳にある。

透子は胸元から鏡を取り出した。封じるものは悪しきもの？　あるべき闇に返す？

いいや、違う。脳裏に言葉が自然と浮かぶ。

「さびしき、御霊よ。我が同胞よ。優しき夜に還れ……」

淡い光が鏡と千不由を包む。

やがて、少女はその場に倒れて、気を失った。

鏡が、熱い。

「透子……、封じた？」

「うん」

ほっと千尋も息をつく。

「よかった。これで、あとは千瑛を待つだけ」

二人が顔を見合わせた時、だいふくがにゃ！　と警戒の声を上げた。

「誰か来るよ！　変な人！」

だいふくの視線を追って、透子と千尋は思わず声をあげた。

玄関の向こう、和服姿の細身の男性がいる。

「いやはやお見事、お見事。さすがは守り姫。それに……神坂の直系の男子か」

チラリ、と意味ありげな視線を千尋に向けたのは秋華だった。

赤い瞳を隠しもせずにこちらをうかがっている。

「千瑛の結界、さっき千不由に破られていたのか……？」

そっと千不由を横たえて千尋は秋華に向かって刀を構え直した。

「抵抗はやめた方がいい、怪我をするぞ。その鏡はどうやら一名限定らしい！　私を封じるのはもう無理だ。鏡無しに私の相手はきついだろう？」

「鏡を使うのを、待っていたのか！」

千尋の言葉を秋華はせせら笑う。

「そうとも！　人間は甘っちょろい。特に子供はね。その娘を送り込めば助けるだろう、と確信していた。予想通りの青春劇を観させてもらったよ。感動で鳥肌が立ちそうだ！」

初めから、それが狙いだったらしい。

秋華は舌なめずりした。

「——お前たち二人を傷つけるつもりはない。私と来れば——神坂の家にいるよりよほど安全で、面白いものを見せてやれる。おいで、子供たち」

手招く手から、ばちばちと火花が散る。蔵が燃えた火事は彼の仕業だったのか、と透子は指先を凝視した。

「……なんであんたと行かなきゃいけないんだよ」

「我らは新たな守り姫が必要だ。それに、協力してもらわねばならんこともあるしなあ」

思わせぶりな言葉ばかりで、本題に入らない。

「鬼狩りが我らに協力するのは昔から珍しいことでもない。特に我々は近しい同胞だ」

「千年近く前の事を言われても困ります。……行きません。千不由さんやみんなを傷つけるような人たちに、協力なんか絶対にできない」

「鬼の仲間になんか、なるわけないだろ！」

透子と千尋の言葉に、秋華が柳眉を逆立てた。

「貴様らも鬼の末裔ではないか、その力を奪っておきながら……なんと厚かましいことだ！　返してもらうぞあの方の心臓も、力も、そして肉体もっ！」

「肉体……!?　なんのことだよっ！」

秋華は答えずに千尋を見た。大きな炎が襲いかかってくる。

咄嗟に千尋が炎を刀で薙ぐ。ぐわん、と大きな音を立てて炎が割れて、霧散した。

斬られた秋華も、それを為した千尋も呆然としている。

「炎を、斬った？」

透子の呟きに我に返った秋華が再び炎を作り出して透子たちを襲う。

二人があっと身を伏せた時、大きな白い影が立ち塞がった。

「だいふく？」

「透子と千尋いじめるな！　ばかぁ！」

大きくなっただいふくが全身の毛を逆立てながら唸っている。秋華が放った炎は再びだいふくの爪にかき消された。

「チッ！」

秋華が舌打ちして胸元から輝く刀を出した。

「野良猫風情がッ！　生意気な！」

「だいふく！　避けろっ」

千尋が叫んだのと、パンっパンっという乾いた音が響いたのは同時だった。

「……ぐは……っぐ…っ！」

秋華が胸元を押さえて呻いた。押さえた胸元からは血があふれている。彼は牙をむいて唸り、音がした方向――透子と千尋を飛び越えてその背後を睨み付けた。

「きさ……貴様っ……」

千尋と透子が振り向くと、澄ました顔の白井悠仁がいた。

「大袈裟すぎるんだよ、君は。動きも台詞も使う異能も全部。無駄が多い」

手に持ったものをみとめて、千尋がギョッとする。拳銃。

「ゆ、悠仁さん、それ……」

「大丈夫だよ、透子さん。秋華は象より頑丈だからあれくらい蚊に刺されたようなものだ」

「いえ、そうじゃなくて、じゅ、銃刀法違反では……」

「あれ、日本ではダメだったっけ？」

どうしてそんな物騒なものを持っているのかと聞きたかったのだが、颯爽と現れた鬼は爽やかに笑って誤魔化した。

「……貴様っ……、卑怯だぞ……」

「何をいう、秋華。子供二人を狙う輩に言われるのは心外だな」

襲いかかってこようとする秋華に、透子は手を向けた。指を交互に絡ませて、自分の力を編んで、より強固にする。

「動かないで」

編んだ力で籠をつくる。いや、壁でいい。こちらにくるのを防ぐ、壁を！

「くっ……」

押し止められたのか、秋華が鋭く舌打ちした。いいざまだね、と悪い表情でせせら笑う悠仁に、透子は尋ねた。

「悠仁さん、なんでここに……!?」

「さっきまで千瑛さんたちと一緒にいたんだけど、透子さんが電話で助けを呼んだでしょう。車だと時間がかかるから、僕だけ先にきたんだ」

どうやって、と聞くのは野暮な気がして透子は口をつぐむ。秋華は血に塗れた胸元を押さえながら踵を返し、おぼつかない足取りで逃げていく。

「透子さんも千尋くんも目を瞑っていていいよ、その間に全部終わらせる」

悠仁が口の端を吊り上げた。

止めるべきではないか、と透子が迷っていると視線の向こう、倒れそうな秋華を黒い影が支えた。

透子と千尋は「あ」と声をあげた。大柄な黒ずくめの青年だった。魏王……!

「……そこまでだ、東雲」

「おや、逃げる気か？」

「逃げる。見逃せ。……でなければ、我々以外の同胞もお前たちを付け狙う」

ふん、と鼻を鳴らして、悠仁は銃を胸元に戻した。

なぜだかホッとして透子は魏王に担がれてぐったりとしている秋華を見た。荒く息をしてはいるが、こちらを睨む視線は強い。

「東雲、――最後にもう一度問おう。お前は我らとは合流しないのだな」

「遠慮する。あの方の復活などいまさら望まない。死者は土に還るといい」

「死者に恋着しているお前がいうと白々しいな」

耳が痛いね、と悠仁が苦笑した。

「……守り姫」

静かに魏王に呼ばれて顔をあげる。魏王は真っ直ぐに透子と千尋を見ながら言った。

「今は立ち去ろう。守り姫。だが君はきっと――私たちの側にいるほうが安全だと思い直すだろう。……身の危険を感じたらくるといい」

「どういうこと？」

魏王は答えず、鬼たちは煙のようにフイッと消えた。

ぼろぼろにされた星護神社には、人間と……鬼の裏切者だけが残された。

「怪我は？」

悠仁に聞かれて千尋も透子も首を振る。

「オレのしっぽ！　焦げちゃった！　やだやだあ！」

にゃあん、とだいふくは鳴いて、元のサイズに戻った。

「あ！　千尋！　千瑛の気配がするよ。もう直ぐ戻って来るはず……！」

　よかった、と透子と千尋はその場にヘナヘナと崩れ落ちた。

　千不由のそばに行くと彼女は静かに寝息を立てている。二人はほっと顔を見合わせた。

　どこかに隠れていたのか、三毛猫の小町がタタタとかけてきて千尋に飛びついた。怖かったのか、盛んに、にゃあにゃあと何かを訴えかけて、震えている。

「ごめんな、小町」

　ぎゅ、っと千尋が小町を抱きしめる。

　透子がそれを微笑ましく見ていると、千尋の手が伸びてきて、透子も引き寄せられた。

「ち……、千尋くん……？」

「怪我、ないか透子」

　コツン、とおでこが当たる。

　ない、ということもできずにブンブンと頷いていると、至近距離で「よかった」と満面の笑みで言われて透子は真っ赤になってしまった。破壊力がすごい。

「ちょっと！　人前で不埒な行為はやめてくださるっ⁉」

「ぎゃ」

　ぐい、と首を捻じ曲げられて透子は叫び声をあげた。

　振り返ると仁王立ちの桜が口を尖らせて見下ろしている。

「さ、桜ちゃん？」

「千尋くんの危機に颯爽と現れてみれば魏王と秋華はお兄様が取り逃しているし、なんか透子さんは抜け駆けしているし……納得がいきませんわ！　なんですの、おでこ、コツン……って」

いまさら、はた、と自分の行為に気づいたらしい千尋は、こほんと咳払いをして、顔を赤くしたまま透子から離れた。

「別に深い意味は……。っていうか、白井……、そのキャラまだやるのか」

「キャラ？　と言いますと？」

「いや、その……、俺を気に入っているような感じの……その……」

「まあ！　失礼ね。私が千尋くんを好きなのは変わりませんわ。種族を超えた愛は首魁もなされた鬼の伝統ですわ……」

「いや、それだと、最終的には裏切られるよな」

「私と千尋くんで純愛に更新しましょう？」

「ええ……と、年上すぎるかな……って」

「ひどい！　傷つくわ……！」

二人の掛け合いに苦笑していた悠仁がそれで？　と桜を見た。

「どうだった？　何かわかったたか」

「ええ」

す、と桜が真面目な顔になる。

「やっぱり星護神社の結界、わざと壊されていましたわよ。正月の時は私たちも入れたけれど、鬼の力は使えませんでしたわ。なかなかに強固な結界で……」

「白井たちは、正月はそれを試しにきていたのか」

「疑い深いわね。もちろんお二人へのご挨拶もかねて、ですわよ！」

桜が可愛らしく憤慨して見せた。

「結界を秋華と魏王が壊していたんですか？　だから一時的に鬼の力を得た千不由さんも、星護神社の中に入って来れたんですね？」

透子の問いに、チッチッと桜は指を振った。

「まさか！　鬼はね、そういう神域を壊すのは大の苦手ですの！　なのに、神坂本家に侵入したり、星護神社を襲撃したり。どういうことかお分かりになる？」

千尋と透子は首を振る。

悠仁が深夜の満月を眺めながら呟いた。

「誰かが手引きしたとしか思えないな。結界を壊したのは鬼じゃない。誰かが……鬼狩りの誰かが協力しているんだろう」

＊

神坂本家の応接間で、当主たる神坂啓吾は頭を抱えていた。

数日前から彼はほとんど眠りもせずに連絡を待っている。

娘、千不由の安否が不明だからだ。

コンコンと応接間がノックされる。真千です、と名乗られて入れと応じる。

「千瑛から連絡がありました。みんな無事だと……」

啓吾はそうか、と頷いた。真千は眼鏡の下で目を細めた。

「千不由さんも傷は深くないそうですよ。よかったですね」

真千の労いに啓吾が声を荒らげ、テーブルを拳で殴りつける。

「なにが……よかったものか！　本家の人間が鬼に利用されるなど、あってはならないことだ……なんという不出来な娘だ……いっそ死んでくれたら同情も集められただろうに」

「啓吾さん、落ち着いてください」

「首魁の心臓を奪われるなど、終わりだ、神坂は終わりだ……！」

頭を抱えた啓吾に、真千が寄り添う。

「終わりだとは限らないでしょう、啓吾さん。心臓の事は一部の者しか知らないのです。

鬼が襲撃してきたが、撃退した、とだけ言えばいい、と話しあったではないですか」

「だ、だが……」

「千不由さんは名誉の負傷で昏倒したと説明しましょう。どうも鬼の動きを見ると首魁の封印は解かれていないようだ。おそらく、真澄が心臓を水晶化して封印を強化したのでしょう……。彼女があの処置をとったのであれば、しばらくは安心だ」

「し、しかし……芦屋真澄が首魁の封印を解いたら」

「彼女はそんなことはしませんよ。そもそも水晶化した心臓の封印を解く力は残っていないでしょう。長年、鬼を封じてきたせいで芦屋真澄の力は薄れている……。だから、私たちは芦屋透子を見つけてきたんですから」

そうだった、と啓吾が頷く。

「ああ、でも……」

今、おもいついたかのように真千は指で顎を押さえた。

「鬼たちに新しい守り姫、芦屋透子が攫われたら大変だ。彼女の能力ならば、首魁を解放出来る可能性がある。もしも鬼に母親を殺すとでも脅されて封印を解いたら——今度こそ我々は終わりですね」

「そんな！　どうすれば……」

真千は考え込んだ。

「まずは鬼たちから心臓を取り返すことを第一に考えましょう。それが無理なら」

真千は低い声で啓吾の耳元に囁く。

「芦屋透子……彼女には可哀そうだけれど、守り姫が事故で亡くなることもある。それを願いましょう……」

「……ま、守り姫を……殺すと？」

「恐ろしいことはしたくないが、家の為ですよ。神坂のためだ」

啓吾は唾を飲み込んだ。隣の男はいつものように穏やかに微笑んでいる。

「神坂のためなら、啓吾さんはなんでもやってきたではありませんか、当主として」

「そうだ……」

「今回もそうなさってください。すべきことを間違えないように」

そうだな、と。啓吾は何度も何度も頷いた。

「神坂として、間違えないように……何も……」

＊

自宅マンションに戻った真千は、殺風景なリビングのソファに座り込む人物に気づいて、

やあ、と親しげに声をかけた。

「いい夜だね。だけど、無断で家に入って来られるのは、さすがに迷惑なんだが。そのソファ、気に入っているんだから、血で汚さないでくれよ」

「……警告をしにきたぞ、神坂真千」

細身の男は重症だったと聞いたのだが、その痕跡はない。

いささか顔色はすぐれないようだが。

「警告？　怖いな」

醒めた目で見つめてキッチンに行って洋酒の水割りをつくる。

「私は君たちの望むまま、協力しているだろう？　何か不満があるのかな。——ああ、秋華。君も一杯飲むかい？」

「気安く呼ぶな！」

怒りに任せて秋華が硝子テーブルを拳で叩いた。

「芦屋透子は無力な娘ではなかったのか！」

ああ、と真千は液体を口に含んで気のない返事をした。味はしない。何年も前から。

「芦屋真澄の娘だから、才能があるんだろう。まあ私の息子の教え方もよかったのかな」

守り姫と千尋の活躍で秋華は遠ざけられた、と神坂本家は千瑛から報告を受けている。

だが、実際は鬼の仲間割れだ、とはもう一人の鬼……、魏王から電話で聞いた。

人間社会に溶け込んでいた鬼がいて、芦屋透子たちに手を貸したらしい。

そして魏王はこうも言っていた。芦屋透子が秋華の攻撃を防いだ、と。さらに千不由に巣食った心臓のかけらを封じ込めたのも透子だという。

まったくもって、有能で、忌々しい娘だ。

「君たちがしくじったせいで、千瑛は神坂に疑いを持ったぞ。やりづらくなるなあ」

チッと秋華が舌打ちをした。

「首魁の心臓は手に入れたんだろう？　君たちの目的は半分果たしたようなものだ」

「心臓だけでは意味がない。……あの方を受け入れる器と、心臓を蘇らせる守り姫の協力が必要だ」

カラン、と真千の手の中の氷が音を立てた。

「芦屋透子は好きにしろ。脅すなりなんなりして協力させるといい。器も……。神坂の人間が能力を受け継げるのは千不由で試したんだろう？　好きな人間を連れて行け」

秋華が笑った。

「お前の息子でもか？」

「どちらの？　まあ、どちらでも構わないよ。特に執着はない」

さらりと答えると、秋華は眉を顰めた。

ひどい親だとでも言いたいのだろうか？　鬼のくせに身内には情が深い。悍ましいことに。

ふふ、と真千は笑った。

「首魁を蘇らせた後は、神坂の名を持つ者と、守り姫を殺してくれ。それさえ終わればもう、私はどうでもいい」

「……哀れな男だな。同胞を憎むとは」

そうかな？　と真千は首を傾げた。

「私が大切だったのは、死んだ恋人だけだ。彼女は神坂のせいで死んだ。……そうと知ったあとは、もうすべてが呪わしい。――だから君たちに協力してやるんだ。君たちも神坂が呪わしい。……利害の一致だろう？」

「わかっている」

「私を失望させないように、せいぜい張り切ってくれ」

秋華は舌打ちすると、ソファから立ち上がった。

「連絡は、またする。せいぜい裏切者だと気取られないよう、周囲に気をつけるんだな」

「ご心配、いたみいるよ」

誰もいなくなった暗い部屋で真千は深々とソファに身を沈めて天井を仰いだ。

エピローグ

三月下旬。桜が星護神社でも咲き誇る中、透子と千尋は陽菜と別れて神社への道のりをのんびりと歩いていた。

終業式があったので明日からは長い休みだ。

何をしようか、と二人で色々と春休みの計画を話している。

「千不由さんのお見舞いは？」

「行こうと思っているんだけどな、まだ目を覚まさないらしい。今はお母さんがつきっきりになっているって」

「そっか」

透子は千不由の無事を告げに行った時の啓吾の苦々しい表情を思い出した……。

だが、そばにいるのが顔面蒼白になって千不由の名を呼んでいた母親なら大丈夫だと思いたい。白井兄妹は普段通りの生活に戻った。逃げなくていいんですか、と千瑛は呆れていたが悠仁は涼しい顔をしていた。

「鬼とやりあうにしろ、君たちの側にいた方が、都合がよさそう」

――全面的に信用するわけではないが、と前置きした千瑛は「まあ、しばらくは彼らの言うとおり手を組んだ方がよさそうだな……」とぼやいていた。

「千不由の見舞いに行ったら、後はあれだな、宿題、宿題、宿題、部活……」

春休みが明けたら受験生だ。学習量もグン、と増える。

星護高校は進学校だから塾に通う生徒が多いが、千尋は父親に頼むのは気が重いと言い、透子も金銭的な問題から自学でなんとかこなす予定だ。

千瑛は自分が負担するよ、と言ってくれたが大丈夫です、と断った。

すっかり歩き慣れた石階段を上り終えると和樹（かずき）の声が聞こえてきた。

「おいこら逃げんな！　クソ猫！」

「やだっ！　やだあ！　お風呂やだあああ！」

「小町（こまち）は大人しく洗われただろ。観念しろっての！」

二人は顔を見合わせた。

何してんの、と千尋が聞くと、だいふくを逃した和樹は忌々しげに舌打ちした。

だいふくはふえええん、と泣いて千尋にしがみついている。

「佳乃（よしの）さんに言いつけられたんだよ。猫洗えって！　逃げやがって」

あはは、と笑って千尋はだいふくをよしよしと撫（な）でた。

「後で俺と一緒にお風呂入ろう？　な！」

「千尋おお、そうするぅ。アヒルさん浮かべようね」

「……そうやってすぐ甘やかす」

和樹が舌打ちするのを、透子はくすくすと笑いながら見た。

愚痴りつつも和樹が千尋に反対しないのは「弟を甘やかしている」ように思えるが……。

「和樹さん、今日は何の用だったんですか？」

「ああ、千不由が昨日ちょっと目を覚ましたみたいでな。それを報せに」

「そっか、よかった」

「また眠ったらしいけど。今度、見舞いに行くか？　行きたくないなら無理しなくていい」

「行くよ。遊びに行く約束したし。駅前のハンバーガー屋。千不由主催のパーティー」

「なんだそりゃ」

和んだところで、星護神社の駐車場に白いセダン車が止まるのが見えた。

「……あれ……」

「千尋！」

セダンの助手席から降りてきたのは、千尋の母の美鶴と異父妹の沙耶だった。

「……母さん？」

美鶴は透子と、それから和樹に目を留めると一瞬眉間に皺を寄せて険しい表情を浮かべたが、元の心配そうな顔に戻して千尋に駆け寄った。

和樹は笑顔を張り付けたまま後ずさりして、美鶴から距離をとった。

「どうしてここに……」

「どうして、じゃないわ。あなたがなかなかうちに帰ってこないから……。真千さんを問い詰めたら……！　怪我をしていたんですって？　星護神社が襲われていたって」

千尋はああ、と気のない返事をした。もうひと月も前のことだ。

「解決したし、もう治ったよ。心配しなくていい」

「心配するわよ、母親なんだもの！」

千尋がなんとも言えない表情で頷いた。

「やっぱり星護神社にいるのはやめなさい。家に帰ってきて。その方が安全なんだから」

「高校から遠いよ」

美鶴は都内に住んでいる。

「転校したらいいじゃない！　もっと進学に適した高校だってあるわ」

うんざりと首を振った千尋めがけて、沙耶が満面の笑みで駆けてくる。

「お兄ちゃん！……あっ」

境内の石畳に躓いて、幼女はとて、と転けた。途端にわああ泣きだす。

「……大丈夫かよ。ほら、立って立って」

和樹が脇に手を入れてよっ、と助け起こしてやるが、よほど痛かったのか、沙耶はわんわんと泣き続けている。

「触らないで！」

怒りに満ちた目で和樹の手を払いのけ、娘を抱き上げて、美鶴は和樹を睨(にら)んだ。

「子供に対して乱暴をしないで！　和樹さん。――紫藤(さいとう)の家はそういう躾(しつけ)をするのかしら？　それともお母様に似たのかしら」

和樹は酸っぱいものを食べたかのように表情を歪(ゆが)めると、関わり合いになりたくないと言わんばかりに再び母子から離れた。

「大体あなたは……！」

美鶴がなおも言い募ろうとするのに、千尋が割って入った。

「母さん、今のは和樹に礼を言うべきだ。兄貴は、沙耶を助けてくれたんだから」

「兄……、ち、千尋？」

信じられないと言わんばかりに美鶴は目を見開く。

「……あなたは、母さんの味方をしてくれないのね？」

千尋はぎゅっと拳を握りしめ、母親に言い含めるようにゆっくりと言った。

「もう、そういうのをやめてくれ。母さんの味方だとか敵だとか。そんなに単純に生きてないよ。今のは和樹は悪くない。誰にでもわかることを言っただけだ」

「なっ……」

「母さんが最初の結婚に失敗した原因は……。悪いのは俺でも、和樹でもないだろう。お互い好きでもないのに勝手に結婚して、俺を作ったのが悪い」

思わぬことを言われたのか、美鶴が蒼白になっている。

運転してきたらしい美鶴の夫が心配そうにこちらを見ているのを、千尋がチラリと見た。

「罪悪感かもしれないけど。たまに俺を思い出して、好きなふりをするのはやめてくれ。もう、忘れてくれていい——母さんには新しい家族がいるんだから、それで十分だろう？」

ひどいわ、と美鶴は涙を滲ませた。そして、昔からの決まり文句で息子を責める。

「千尋にはパパがいるものね？」

千尋は寂しく笑った。

「昔はいたけど、……もういない。母親も。家族は星護神社の三人と和樹だけでいい。母さんも欲張らずに今の家族を大事にした方がいい。俺のことはもう、大丈夫だよ」

「なんてことを言うの！」

「千尋くん！」

美鶴が千尋を打とうとしたので、慌てて透子は二人の間に割って入った。美鶴は憎々しげに千尋を睨み、制止する透子の手を払った。

ぐずる沙耶を抱き抱えると車に乗り込む。美鶴の夫はこちらには目もくれずに車に乗り込み、セダンは静かに発進していった。

「おい、いいのか。――あれは荒れるぞ」

和樹の呆れ声に、千尋は苦笑する。

「いいよ。どうせすぐまた反省したって泣いて電話がかかってくるだろうけど。――許して仲直りしてを繰り返すのも疲れた。着信拒否しとく。……ごめんな、和樹」

ごめんな、にはいろんな思いが含まれているように透子には聞こえた。

和樹は数秒固まっていたが、いつもの憎たらしい笑みを浮かべると小さく弟をこづいた。

「お兄様って呼べよ。呼び捨てとか偉そうに」

「やだよ、気持ち悪い」

＊

だいふくを洗い終わった千尋が風呂から出てくると、もう和樹は帰っていた。

千不由の状態を紫藤新(あらた)にも報告すると言う。ふかふかになっただいふくの腹を透子が撫でていると、小町が自分にもしろと言わんばかりに前脚でつついてくる。

「……電話でもいいと思うんだけど」

「盗聴を警戒しているんだろ」

千尋の言葉に透子は、ああ……と頷いた。

鬼側に情報を流している人間がいる……。

にわかには信じがたい内容だが、千瑛と新は確信しているようだった。信用できる人間が誰かわからない以上は、メールやSNSなど文字として残るものでの連絡も避けたいと言う。

「……なんだか大変なことになっちゃったね」

「本当にな。……神坂(かんざか)を裏切って、その人は何がしたいんだろう」

千尋がぼやき、透子はそうだね。と同意する。

「千尋くん。お母さんの事、あれでよかったの？」

千尋は意外なほど静かな声で、うん、とうなずく。

「いつか言わなきゃいけなかった事だ。──母さんは、本当は俺と一緒にいるのは、すごく辛(つら)いんだと思う」

「……千尋くん……」

「俺の存在をなかったことにしたいのに、なまじ完璧主義者だからさ、子供を愛せない、あの結婚は失敗だった、って思いたくないんだ……。だからなんとか、成功の枠に嵌(は)めようとして、俺を家族に加えようとしていた。母さんだって苦しいだろうにな。……俺は、母さんに宣言することで、肩の荷がおりた、けど」

「けど？」

「寂しいみたいだ。──ガキだよな」

透子はぶんぶんと首を振った。

「わ、私がいるし！　寂しかったらいつでも呼んでくれていいよ」

ふうん、と千尋が笑う。

「それって、家族になってくれるってこと？」

間近で聞かれて赤面する透子。

「そ、それはどういう……」

意味か、と問うた透子の頬に千尋の指が触れた。形の良いそれはひんやりと冷たい。

「花びら、食べてる」

声にならない声をあげて透子は頬を押さえた。

そんな様子を千尋は笑って、肩を貸して、と透子に言って千尋は頭を透子に預ける。

「千尋だけずるい！　俺も！」

だいふくが透子の膝に乗って、小町はお気に入りの千尋の膝にちょこんとおさまった。

そのまま、縁側で二匹と二人でうとうとする。

透子は真っ赤なのだが、千尋はいたって平静に見える。

どきどきするのが自分だけなのってずるいな、と、透子は視線を彷徨わせた。

千尋がポツリ、と呟く。

「鬼たちが襲ってきても、透子は俺が守るから……」

「千尋くん？」

「一番大事だから、俺がちゃんと守るから」

透子はその場で固まる。どういうことかと問いただそうとして、肩をみればスヤスヤと平和な寝顔が見えて、透子はもう！　と内心で叫び声をあげた。

早く起きて、意味を聞かせてほしい。

一番大事、は友達としてか。家族なのか。

それとも、もっと特別な何かなのか……。透子はもう、気づいている。

「私も、千尋くんが大事だよ。一番大好き。ずっと一緒にいれたらいいね、ずっと」

呟いて透子は空を見上げた。

今宵は十六夜。月が欠けゆくはじまりの日。

花ちらしの風に舞う花びらを眺めながら透子はそっと息を吐いた。

あとがき

お久しぶりです、やしろ慧です。このたびは「鬼狩り神社の守り姫」二巻をお手にとっていただき、ありがとうございました！

幼少期、築百年以上の家に住んでおりまして（いわゆるお屋敷ではなく、幽霊……の方がニュアンスは近いのですが）、影がよぎる部屋とか、四方に触れてはいけない鈴がある部屋とか、夜中、何か声が聞こえる庭とか……。思いかえすと、不思議な環境が身近にあったな、と懐かしみつつ書いていました。

あの古い家なら、一度くらい人のふりをした鬼も来たことがあったかも、と。

「鬼」が実在したら、現代で何を感じつつ暮らしているのかな、などと空想しながら「守り姫」を執筆するのは、大変楽しい作業でした。

鬼の面々もどうぞごひいきに。

一巻に続いてほんとうに可憐で艶やかな着物姿！の透子&千尋を描いてくださった白谷ゆう先生、粘り強く構成&校正のご相談に乗ってくださった編集様に深く感謝を。

また、どこかでお会いできますように。

やしろ慧

富士見Ｌ文庫

鬼狩り神社の守り姫 二

やしろ慧

2024年2月15日　初版発行

発行者　山下直久
発　行　株式会社 KADOKAWA
〒102-8177　東京都千代田区富士見2-13-3
電話　0570-002-301（ナビダイヤル）

印刷所　株式会社暁印刷
製本所　本間製本株式会社
装丁者　西村弘美

定価はカバーに表示してあります。

●お問い合わせ
https://www.kadokawa.co.jp/（「お問い合わせ」へお進みください）
※内容によっては、お答えできない場合があります。
※サポートは日本国内のみとさせていただきます。
※Japanese text only

ISBN 978-4-04-075261-7 C0193